A Rose for
Allan Poe

献给
爱伦·坡的玫瑰

赵大河 著

河南文艺出版社
·郑州·

图书在版编目（CIP）数据

献给爱伦·坡的玫瑰/赵大河著. --郑州:河南文艺
出版社,2023.12

（时间与疆域）

ISBN 978-7-5559-1614-7

Ⅰ.①献… Ⅱ.①赵… Ⅲ.①散文集-中国-当代
Ⅳ.①I267

中国国家版本馆 CIP 数据核字（2023）第 224788 号

选题策划	王淑贵		
责任编辑	王淑贵		
装帧设计	书籍/设计/工坊 刘运来工作室　徐胜男		
美术编辑	吴　月		
责任校对	殷现堂		

出版发行	河南文艺出版社	印　张	6.25
社　址	郑州市郑东新区祥盛街 27 号 C 座 5 楼	字　数	120 000
承印单位	河南瑞之光印刷股份有限公司	版　次	2023 年 12 月第 1 版
经销单位	新华书店	印　次	2023 年 12 月第 1 次印刷
开　本	787 毫米×1092 毫米　1/32	定　价	45.00 元

印厂地址　河南省武陟县产业集聚区东区(詹店镇)泰安路

邮政编码　454950　　电话　0391-2527860

目录

地平线的眩晕

"北京的对跖点在哪里？"阿根廷朋友马努埃尔突然这样问我。

他正开着车带我去看潘帕斯大草原。因为堵车，出布宜诺斯艾利斯花了不少时间。突然之间，前面开阔起来，天空也格外明亮，风中弥漫着花草的芬芳。

"是这里吗？"我说。

"差不多吧，"他说，"想想看，北京和布宜诺斯艾利斯，文化、风俗和位置，像不像处于地球的两端？"

"还真是的。"

一想到布宜诺斯艾利斯，我首先想到博尔赫斯。在大学时读《博尔赫斯小说集》读得如痴如醉。小说还能这样写？是的。噢，那真是一个智慧、斑斓、神奇的世界。有同学翻译博尔赫斯的诗，在宿舍里，站到桌子上朗读，手舞足蹈……那情境是很难忘却的。

因为博尔赫斯，我还没踏上布宜诺斯艾利斯的土地，就已经对这里很熟悉了。在博尔赫斯笔下：

> 布宜诺斯艾利斯的街道
>
> 是我灵魂最隐秘的部分
>
> 城市在我身上
>
> 像一首无法付诸语言的诗

我要去迈普街看博尔赫斯故居，马努埃尔说："要感受博尔赫斯，先要感受布宜诺斯艾利斯；要感受布宜诺斯艾利斯，先要感受阿根廷；要感受阿根廷，先要感受潘帕斯大草原……"

在一片开阔地，马努埃尔将车停下。

"大草原就在附近，"他说，"你能感受得到吗？"

我想，也许，大概，差不多，能感受那么一点。但我不确定。马努埃尔的表情带着寻宝者的神秘和自信。

"当年，博尔赫斯和法国人皮埃尔散步到这里，他们感受到大草原就在附近，博尔赫斯说，他突然感受到了大草原的重力。"

"大草原的重力？"

"是，他是这么说的。这很神奇。重力，在此，这是一个属于灵感的词语。"

"诗人的词语。"我说。

"博尔赫斯后来在法国讲了这个故事更为神奇的部分，他说，皮埃尔说出了一个东西，这个东西是所有阿根廷作家都寻找过，却没有找到，如今被一个外国人一语道破。"马努埃尔停下来，卖关子。

"什么东西？"

"大草原的定义，具体地说，是潘帕斯大草原的定义，或者说是准确的形容词，不管什么，应该是唯一的，专属于这里……阿根廷作家苦苦寻觅无所得，却从这个诺曼底人嘴里绽放出来。听到这个词的时候，博尔赫斯浑身一震，马上意识到：就是它！这个词诞生了。博尔赫斯称之为绝妙的表达、壮美的比喻。"

他吊足了我的胃口，那到底是个什么词？他还没说出时，我已感受到那个词在闪闪发光，仿佛维纳斯的诞生。

他说："地平线的眩晕。"

"地平线的眩晕？"

"嗯，地平线的眩晕！"

我确实有点眩晕的感觉，不知是来自地平线，还是来自这个词语。

大师，您好！

参观福楼拜展览馆，最后来到福楼拜书房。我没想到会在这里见到大师。据说是 AI，但完全和真人一样。拜科技所赐，福楼拜先生穿越了。我用汉语和他打招呼："大师，您好！"

他用汉语回我一句："你来自中国吗？中国是个神秘的国度，我梦想游历亚洲，从陆路去中国，可惜没去成。"

大师能说汉语，我欣喜不已，马上提出一个不情之请："大师，能和我谈谈写作吗？"

"哈，写作嘛，怎么说呢？"福楼拜说，"有时脑子空空如也，词句不来，涂鸦半天竟写不成一个句子，倒在沙发上，呆头呆脑，掉在烦恼的泥淖里……"他情绪低落，让人同情，"可是，过了一刻钟，一切都变了，心又高兴得怦怦跳，边写边得意，十分愉悦，简直想吹口哨，为一个想法而兴奋，为一个句子而欢喜，为能有所斩获而满足。"他眉飞色舞说了一通，稍作停顿，声音变得神秘起来，"有几次，灵光照耀，我看到高于生命的灵魂，全身震颤……哦，达到这一境界，荣耀什么的都不值一提，甚至快慰也不放眼中。"

"大师，能谈谈风格吗?"

"一部作品没有自己的风格就等于不存在。风格本身就是一种观察事物的方式。艺术的真谛，在于自身的美，首要的是风格，其次是真实。"他稍作沉思，继续说道，"风格求美。十年后，百年后，千年后，会出现这样的人才，作品像诗一样有节奏，像科学语言一样精确，像大提琴一样沉稳，像短剑一样扎进你的思想，带着你的思绪像顺风船一样，在平滑的水面上自在滑行。"

他说到兴奋处，仿佛手中真有一把短剑。他挥舞着，如同刺客，要把短剑扎进我身体中，我不由得倒退一步。

他得意地笑笑，说和大师聊天是有风险的，你会受到影响。我说我不怕受影响，受大师影响不是坏事，是好事。接着，我向他请教艺术，他说:

"我认为，艺术的最高境界，即其最难之处，不在于让人哭笑，让人动情或发怒，而是要得自然之道，使人遐想。一切杰作，莫不具有这种品质，外表很沉静，实际深不可测。"

"大师，最后一个问题，我想请你谈谈理想中的书。"

"我认为的好书，愿意写的，是一本不谈什么的书，不受外在牵连，全仗文笔内在的力量，就像地球全无支撑，却在空中运行。如果可能的话，书中几乎没什么主题，至少是没有明显的主题。最好的作品，素材也最少，而表达更贴近思想，文字更加贴切，甚至隐没在思想里，这才是真的美。依我之见，文艺的前途实在是有赖于此。"

作为一个写作者，临别前，我向大师讨要关于写作的建议。大师说："只要定下主题，或抒情，或跌宕起伏，率性而行吧。"

我走出大师书房，听到大师在我身后又补充了一句：

"永远别去考虑公众。"

我回头朝大师挥手作别。大师又坐回书桌前，开始写他的不朽名著。

沉默之声

　　我在伍德斯托克公园的长椅上打盹，一个瘦高的男人过来坐到我旁边。他一言不发。我瞥一眼，马上认出了他是谁。因为我包里装着一本他写的书——《沉默》，上面有他的照片。

　　他叫约翰·凯奇。

　　伍德斯托克曾因1969年举办伍德斯托克音乐节而闻名于世。那一届音乐节的主题是"和平、博爱、反战、平等"。口号是"要做爱，不要作战"。将近50万人聚集在一个农场里，狂欢三天三夜。民谣和摇滚巨星，轮番上台演唱。大暴雨也来助兴。疯狂的青年人冲进雨中，在泥浆中载歌载舞……

　　我来伍德斯托克，音乐节是一个原因，凯奇是另一个原因。凯奇最著名的《4分33秒》就是在这里诞生的。1952年8月29日，大卫·都铎在钢琴前静坐了4分33秒，演奏出了约翰·凯奇的——《无》。观众听到的是该时段内发生的所有声音，唯独没有钢琴声。

我看一下表，闭上眼睛。

我谛听着：风声、汽车声、小孩嬉闹声、鸟叫声、脚步声、咳嗽声、衣服窸窣声、口哨声、狗叫声……要坚持 4 分 33 秒，我在心里对自己说，这样，我就等于听了一次《无》的演奏。

之后，他忽然开口说："你接受过精神分析吗？"

"没有。"我说。

我不明白他为什么要问这样一个问题，难道我看起来需要精神分析吗？我说在中国，没人接受精神分析。

"我也不接受。"他说，"里尔克的一个朋友建议里尔克去做，里尔克说：'我相信他们会驱走我的魔鬼，但我担心他们会冒犯我的天使。'我去找过一个精神分析师，他说他会帮我厘清思路，这样我就能写出更多的音乐。我说我已经写得太多了，不需要写更多。就这样，我再也没去见过精神分析师。"

能遇到约翰·凯奇简直是奇迹，我对自己说，不可错过交流的机会。于是我尽量不让他沉默，让他说出更多。

他看我是东方人的面孔，就说："铃木大拙博士说东西方人的思维是有差异的。西方人的思维中，事物都互为因果关系；东方人的思维中，人们更倾向于把握此时此地发生的事情。"

尽管我不认可铃木大拙的这一观点，但我不想就此展开讨论。

他是音乐家，我们应该说点和音乐相关的话题。

我问起他《4分33秒》的灵感来源。他狡黠地笑一下，似乎在说，我猜到你会问这个问题。"我写过一篇关于劳申伯格的文章，"他说，"首先是白色绘画，随后是我的沉默篇章。"

"您如何看待结构?"

"结构没有生命就是死的。但是生命没有结构就不可见。"接着，他又补充说，"结构是通往'无'的桥梁。"

"您如何看待方法?"

"关于方法，我所知道的只是，在我不工作时，有时我会认为自己懂得一点方法，但在我工作时，显然我什么方法都不懂。"

这让我想起圣奥古斯丁的名言：关于时间，你不问我，我很清楚，你一问我，我就不知道了。

他又说："必须进行创造：所有技巧被遗忘后，你就会发现技巧。"

"先生，您正在做什么?"

"我在打破规则，甚至是自己的规则。"

…………

临告别时，约翰·凯奇从口袋里掏出一个带橡皮头的铅笔，送给我。"我告诉你一个秘密，"他指着橡皮头说，"这一头比那一头更重要。"橡皮是用来擦除的。我明白他的意思，删，比写重要。嗯，我记住了。

……我睁开眼，座椅旁边空空荡荡，望向四周，没有瘦高男人的身影。我大概是打了个盹儿，梦到约翰·凯奇了。

我伸开手，手中的铅笔是哪儿来的？

到异国他乡去自杀

加缪说过，真正严肃的哲学问题只有一个，那就是自杀。另一个法国人决定用行动来回答这个问题。

他原本住在瑞士日内瓦市中心的一家旅馆。他一辈子只住两个地方——监狱和旅馆。他决定自杀，却不想死在瑞士，也不想死在他的祖国。他要到意大利去死。

他是一个冒犯者，以冒犯为乐。现在，他想悄悄地告别世界，再也不冒犯什么了，除非人们将死亡也视为一种冒犯。

一个意大利小镇也许最适合悄无声息地告别这个充满压迫和不公的世界。他深入地思考过死亡，写过许多与死亡相关的作品。在他的作品中，希特勒说："我微笑着。我正在等待死亡。我知道，在我历险结束时，死亡将会骤然降临。那么，我最后的愿望是什么？征服之后，你不得安宁：你将直接进入天堂，永垂不朽。"这也是他的心声吗？

我要写一首伟大的关于死亡的诗。一个像我一样的男人，到处看到死亡，他长期与死亡待在一起。这本书将具有伟大的原创性……它也将被命名为《死亡》。

如今，这一愿望化为泡影。他只写出一些片段。因为总是住旅馆，所以他随身携带着写下的手稿。现在，该结束了。他将手稿撕成小纸片，扔进抽水马桶。见鬼去吧。

他就着烈酒，将一大把安眠药吞下去。

他叫让·热内。这次自杀并不成功。他昏迷后，被人送进医院，抢救过来。之后，他又活了19年。

狄德罗、欧拉和叶卡捷琳娜二世

这三个人的一桩公案，与上帝有关。

叶卡捷琳娜二世登基不久，对使者说，去把欧洲最有名的数学家请来。于是，欧拉被请到圣彼得堡。欧拉不仅自己来了，还带来了他的 18 个家人。使者说，我们要养活这一大家子吗？女皇说，这是我们的荣幸。女皇拨给欧拉和他的 18 个家人一栋家具齐全的房子。又说，叫我的厨子去给他们做饭吧。

女皇又对使者说，去把欧洲最有名的哲学家请来。于是，狄德罗被请到圣彼得堡。狄德罗在宫廷大谈唯物主义和无神论，让叶卡捷琳娜二世心生厌烦。她要做一个开明的君主，不能轻慢哲学家，怎么办呢？于是，她想起了欧拉，也许欧拉能让这个空谈的哲学家闭嘴。

女皇对狄德罗说，我这儿有一个很有学问的数学家，能用代数证明上帝的存在，你想听吗？

狄德罗说，愿闻其详。这真是一件新鲜事，闻所未闻，他很想见识一下。

于是，欧拉被召进宫。

欧拉快 60 岁了，视力不好，距离全盲已经不远了。他径直走向狄德罗：你说上帝不存在吗？狄德罗说是。欧拉让人抬进一块很大的石板，他习惯于用粉笔在石板上写下公式。所有朝臣都屏神凝息，看着这一幕。这真是历史性的时刻，他们不想错过任何细节。他们清楚他们会向子孙后代谈起这件事，噢，欧拉用代数证明上帝存在时，我在场，我是见证人。

欧拉一本正经地对狄德罗说：看好了，我现在向你证明上帝存在。

他拿起粉笔，在石板上写下公式：$(a+bn)/n=x$。

欧拉说：先生，因为如此，所以上帝存在，证明完毕。

狄德罗目瞪口呆，困惑得不知该说什么好。他对代数也略知一二，他看不出这个公式和上帝有什么关系。周围的人开怀大笑。他马上明白他被愚弄了。真是一群野蛮人，他心里骂道。

我要回法国，他负气地说。

女皇虚情假意地挽留一番，便恩准了。

二百多年后，我参观圣彼得堡博物馆时，看到这块罩在玻璃里的石板，上面粉笔写的公式竟然完好无损地保留下来了。欧拉的公式写得很大，显得很夸张，"x"的两笔写得尤其用力，显出欧拉的坚定不移和不容置疑。解说员开玩笑地说，无神论者都应该来看看这个公式，它证明上帝是存在的。

狄德罗相信吗？

噢，他被气走了。

第四个骗子

逛旧书摊总能遇到一些匪夷所思的事。

法兰克福。我从一家旧书店出来，因为买了几本旧书吧，马上有一个人上来与我搭讪。我们之间的对话充满玄学味道。

"你是无神论者吗?"

在大街上被人拦住问宗教信仰，总让人觉得怪怪的。我没必要回答他的问题。我耸耸肩，准备离开，他竟然纠缠起来，让我很是反感。

他向我解释，他有一本书，只卖给无神论者。

我说我没有兴趣。如果买书有先决条件，我宁愿不买。

"我猜你是无神论者，"他说，"从中国来的，大都是唯物主义者。"

他两点都猜对了。第一，我是中国来的；第二，我是无神论者。但我仍不想与他有什么关联，更别提他的书了。我有一条经验，越是故弄玄虚，越是不可信。我不打算看他的书。我还没说出口，他已经把书从包里小心翼翼掏出来了。是一本小册子，看上去古香古色，年代久远。

这是一本德语书，书名是《论三个骗子》。上面没有作者署名。他说："这书是不能署名的，因为署名太危险。"传说作者是皇帝腓特烈二世，他本是基督徒，后来被指控为异端，被罗马教皇开除了教籍。当然，也有说作者是其他人的。

"不买没关系，但听听介绍没什么坏处。"他说，"你知道书中所说的三个骗子是指谁吗？"

"谁？"

"摩西、耶稣和穆罕默德。"他说，"这三个人，作者指出，他们创立宗教，是为了实现政治控制，宗教只是手段，如此而已。现在你知道为什么作者不敢署名了吧？在 800 年前，发表这种异端邪说，是要被火刑烧死的。"

凭我的经验，此类书大多是后世伪造的。即使当时真有，恐怕也很难流传下来。他看我满脸狐疑，给我讲了下面的故事。

他说他祖上是开书店的，300 年前——确切地说是 1712 年——的一天，一位熟悉的官员来卖一本旧书，同时还带了一份拉丁文手稿，但他说手稿不卖。这份手稿就是《论三个骗子》。看在二人交情不错的分上，军官同意他祖上借阅一天。于是，他祖上连夜抄了一份。后来又将拉丁文翻译成德文，悄悄印刷了 100 本，私下发行。现在，他手中这本，就是 100 本中的一本。其他 99 本是否存世，不得而知。至于那份手稿，更是下落不明。

我说："这本书如此珍贵，应该送拍卖行拍卖，那样肯定能卖个好价钱。"

"不，不能拍卖。你知道鲁西迪事件和《查理周刊》事件吗？这会惹来杀身之祸的，我可不愿冒这个险。"

鲁西迪因为小说《撒旦诗篇》被当时伊朗宗教领袖霍梅尼判处死刑，他不得不躲藏多年。《查理周刊》事件曾轰动全球，因为刊登讽刺穆罕默德漫画，被宗教狂热分子大开杀戒，造成 12 人死亡，5 人重伤。

我说我理解他的担忧，但我买不起这本书，尽管他还没报价。

他问我能出多少钱。

我摇摇头，表示不会出价。

"你觉得这是我炮制的假书吗？"

"我没这样说。"

"我可没这个本事。"他说，"伏尔泰曾写过《致〈论三个骗子〉作者的一封信》，里面有一句名言，你一定听说过：若上帝不存在，就应该创造他。他还指控作者是'第四个骗子'。这说明什么？说明这本书早已存在，且影响很大。"

我感谢他向我介绍这本书，但我不会买。

他说："你报个价，只要报价，我就给你。"

他越是这样说，我越不敢报价。

我走开后，他在我身后说："嘿，你会后悔的。"

我心里想的却是：作者是第四个骗子吗？我看他才像是第四个骗子。

跟着司汤达游佛罗伦萨

翻过亚平宁山脉，沐浴在夕阳光辉中的大教堂尖顶便出现在视野里。尖顶在放光。对于虔诚的朝圣者来说，那光仿佛来自天国。是旅行社故意选择这样一个时间点，这样一个角度，让我们认识佛罗伦萨吗？

导游说并非故意为之，她说 1811 年司汤达就是走的这条线，他第一眼看到的就是大教堂的尖顶。导游是个长发美女，有着东方女性的美。她叫艾米，她说她是混血儿，父亲是意大利人，母亲是中国台湾人。她说一口流利的中文。

当时，司汤达坐的是长途马车，赶了很远的路，非常疲惫，昏昏欲睡。他在当天的日记中写道："精疲力竭，浑身湿透，颠散了架，还得在邮车前辕占住一个立足点，坐在一个狭窄的位置上睡觉。"看到大教堂的尖顶，精神为之一振。他从第一眼就爱上了这座城市。他说城市中马粪的味道都是特别的。多年之后，回忆起马粪的独特味道还能让他流泪。

司汤达那时叫贝尔，还不叫司汤达，只是个穷困潦倒的小作家。他到佛罗伦萨，要换乘长途马车去罗马。因为买不到票，不得不滞留三天。在这三天中，他游览了佛罗伦萨，并深深爱上了这座城市。到底有多爱呢？他说他死后要葬在佛罗伦萨。后来，他这个愿望还真的实现了。他的骨灰有一部分葬在佛罗伦萨。他的墓碑上镌刻着一个作家所能想到的最美的文字：

Scrisse. Amo. Visse.（写过，爱过，活过。）

这让我想到恺撒的墓碑上的文字，同样简洁，同样骄傲：

Veni. Vidi. Vici.（我来，我见，我征服。）

爱到心心念念要埋骨于此，可谓爱得深沉。喜欢司汤达，源于《红与黑》。他写于连，你感觉到他是于连肚子里的蛔虫，他对于连的了解甚至超过于连本人。关于写小说，沈从文有句话很有名，被很多写作者奉为圭臬，叫"贴着人物写"。看《红与黑》，你感到的岂止是贴着人物写，司汤达简直是住在人物的心房里写。心房，这个"房"，正好可以住人。很少有人能将人物的心理活动写得如此生动逼真。到了乔伊斯，我们才看到这方面的突破。

因为喜欢司汤达，所以看到"跟着司汤达游佛罗伦萨"这个主题旅游的广告，便毫不犹豫地报名参加了。

我们坐的是旅游巴士，比司汤达的马车舒服多了。导游艾米说，在司汤达眼中，佛罗伦萨是世界上最美的城市，作家都喜欢夸张，只有司汤达这句话没有夸张的成分。佛罗伦萨值得这份荣耀。

司汤达到佛罗伦萨，在一个名叫尼科利尼的小教堂里，被里面的壁画所震撼，他沉浸在对壮美的静观中，获得至高无上的感受力，艺术的神示与情感的炽烈融为一体，以至于他从里面出来时，突然感到一阵剧烈的心悸，一阵眩晕，差点瘫倒在地。司汤达弄不清楚是怎么回事，后来这种病有一个名称，叫司汤达综合征。这是一名佛罗伦萨医生起的名字，他接诊一百多例这种病例，都是观赏佛罗伦萨艺术珍品时出现眩晕和恶心，他灵光一闪，头脑里冒出"司汤达综合征"这个名字。

导游艾米说，有司汤达综合征的游客应该避免参观以下景点：有乔托壁画的圣十字教堂、收藏米开朗琪罗大卫像的佛罗伦萨美术学院和收藏波提切利的《春》的乌菲齐美术馆。

——怎样才知道有没有司汤达综合征？

——等游览这些地方之后你就知道了。

艾米的潜台词是：来佛罗伦萨，想要感受艺术的震撼，这几个地方值得一游。

好吧，我们乐颠颠地跟着导游，浏览了这些地方，我们一行十二人，没有人出现司汤达综合征。也就是说，没人感受到审美的狂喜，没人晕倒。我们到底都是俗人，对美不够敏感。

我们和司汤达一样，用三天时间游览佛罗伦萨，瞻仰过米开朗琪罗和伽利略的墓地，也在但丁、卜迦丘和彼得拉克的遗迹处逗留过。广场上，一个玻璃艺人展示制作玻璃器皿的技艺。我想起安德烈·马金的《法兰西遗嘱》里面有一个比喻，说一个女人像玻璃吹管中熔化的玻璃，灼热美丽。灼热、柔软、流体状的玻璃，有一颗透明的灵魂，渴望呈现惊心动魄的美，让人心醉神迷。

高潮必须放到最后。最后一天，艾米带我们去参观尼科利尼教堂。让司汤达患上司汤达综合征的壁画，就在这个教堂里。

四幅绘着女先知的画，让他狂喜不已。画家是谁？沃尔泰拉。我孤陋寡闻，以前从没听说过。这不奇怪，我这方面的知识实在有限得很。同行的其他人和我一样，也没听说过沃尔泰拉。看来沃尔泰拉名气不够大。另一幅画，描绘的是耶稣降临地狱边界时的情景。这幅画让司汤达亢奋了两个小时。这幅画出自布隆奇诺之手。又是一个我们不知道的画家。司汤达说："我从未见过如此美妙绝伦的东西……没有一幅画给过我这等愉悦。"司汤达就是在这幅画前眩晕的吗？

艾米说：是的，司汤达眩晕了，你们呢？

我们之中没有人眩晕。这让我们羞愧。站在同样一幅画前，感受为什么如此天壤之别。参观太多博物馆，我们审美疲劳吗？时间流逝，艺术品丧失了感动我们的力量吗？风尚有变，我们心浮气躁吗？没有答案，或者答案在风中飘。

离开佛罗伦萨的前一晚，我和两位朋友到酒吧喝酒，出来时，下着牛毛小雨，空气中没有独特的马粪味，但有一种暧昧的气息，像什么呢？像烟草与藏香混合后的味道。这是三月份，空气清凉。路灯的光线昏暗，与夜色十分相称。

从闹哄哄的酒吧到安静的街道，仿佛到了另一个世界。不知是街道狭窄，还是两旁的墙壁过于高大，总之，我们感觉在峡谷中。突然，一个黑衣少女骑自行车从我身旁飞驰而过。她飘动的衣衫如一缕清风滑过我的皮肤。我看一眼，看不太真切，只觉得她好白，皮肤像雪一样，像月光下的雪。快回头，快回头。她仿佛听到我内心的声音，回头看我一眼。就是这一回头，她的容颜便镌刻在我头脑里。此刻，所有形容美的词语都显得苍白，缺乏表现力，不能胜任描述的需要。她是一道光，一闪而过。我眩晕了，几乎站立不住，若不是扶着墙壁，我会倒下去。这就是司汤达综合征！如此不期而至，猝不及防。

这里与尼科利尼教堂一墙之隔，真是个神奇的地方啊。

命定时刻

他出来了。表面强装镇定，其实失魂落魄。

这是一个艺术家的时刻。

他必须面对的时刻。

羞辱时刻。

他是公认的这个时代最伟大的艺术家，但就在刚才，他看到徒弟超越了自己。他很清楚，他的时代结束了，他徒弟的时代开始了。接下来，登上艺术之巅的是他徒弟。他该高兴，还是该悲哀呢？尽管他一直鼓励徒弟超越自己，但当这一刻真的到来时，他发现自己并没做好准备。

这一刻来得太早吗？

是的。他以为再过二十年，或者十年，徒弟才能超越自己，没想到这一刻来得这么早。

再者，徒弟采取的方式，也让他难以接受。他刚画了一幅最棒的画——《圣母的婚礼》。这是他的杰作，他一生中画得最好的得意之作。徒弟迅疾也画了一幅《圣母的婚礼》，同样的人物，同样的构图，竟然比他画得更生动，更具神采。

两幅画放在一起展览，如同打擂台，正面较量。不待别人评判，他已心知肚明：胜出的是徒弟。

真是残酷!

他叫佩鲁吉诺，他的徒弟叫拉斐尔。

登山者说

在遇到安杰伊·巴吉尔之前，我不太理解这种冒险。

征服 K2？有四分之一的人不能生还，这代价也太大了吧？

安杰伊没有使用"征服"这个词，他说的是梦想。

"梦想可以将你带到意想不到的地方，"安杰伊说，"我的梦想将我带到了 K2。"

K2 指乔戈里峰，是喀喇昆仑山脉的主峰。乔戈里是塔吉克语，意为"高大雄伟"。"K"指喀喇昆仑山脉，"2"表示它是当时喀喇昆仑山脉第二座被考察的山峰。另外，乔戈里峰恰巧在世界上海拔 8000 米以上的 14 座山峰中排第二，海拔 8611 米，仅次于珠穆朗玛峰。

安杰伊的壮举，不仅在于他不带氧气瓶独自爬上 K2，更在于他完成了滑降。这个句子中有几个关键词：不带氧气瓶、独自、滑降。每个词语都意味着将生命置于成倍的危险之中。

滑降，就是踩着滑雪板，从8611米的峰顶一路滑下来。一些地方的坡度是75度，可以想象有多么陡峭吧。当然，危险远不止这些，还有突变的天气、看不见的冰隙、白雪掩盖的岩缝、无法预料的雪崩、偏离路线，等等。

他给我看他弟弟用无人机拍的影像，他沿山脊向下滑，两边是万丈深渊——地狱。看着那么陡峭的山峰，我手心里捏了一把汗。即使他已完成了滑降壮举，就坐在我身旁，我还是紧张得发抖。

"你害怕吗？"

他说："这是我做出的最困难的决定。"

他在滑降时，一度天气突变，云雾涌来，能见度为零。这种情况是无法滑雪的。稍稍偏离路线，一个错误的转身，就会掉下悬崖，摔得粉身碎骨。他弟弟说下面天气晴好。要等吗？他弟弟说冷风正在袭来，必须立即做出决定。他很清楚，冷风袭来，他会被冻死。冒险下滑，则后果无法预测。有什么办法呢？必须滑下去！成败在此一举。害怕吗？他说没时间害怕，必须专注于滑降。

他看上去像个大男孩，十分腼腆。他话语不多。他说出的每一句话都带着自身的经历和体验。

我问他为什么选择登山滑雪，他说他少年时用一副乒乓球拍和朋友换了一副滑雪板，从此，他就爱上了滑雪。这是命，他说。

"很久以前，我认识到梦想不会自己实现，必须努力去争取。"他说。

"你如何看待冒险呢？"

他说："我们必须冒险，这是我们的天性。"

稍作停顿，他又说："生命永远是第一位的。"

然后，他又说："我不会为了成功牺牲一切。"

虽然没有人活着从 K2 滑下来，但这并非不可能。他详细地勘察过路线，每一个细节都注意到了。他用无人机一遍遍地观察山峰，规划下滑路线。直到认为可行，他才实施自己的计划。安全至上。

"成功意味着什么？"

"成功只是体验中最为渺小的部分。"他微笑着说。

献给爱伦·坡的玫瑰

我们到达巴尔的摩正好是 1 月 19 日。在宾馆住下后，我对妻子说，我带你去个地方。干吗？向大师致敬。

谁？

埃德加·爱伦·坡。

我穿上黑色的风衣。我的衣服差不多都是黑色的。勒上格子围巾。要有一顶礼帽就好了，我说。妻子觉得奇怪，说，你从不戴礼帽的。我说是，可是今天不一样。有什么不一样？我说今天是埃德加·爱伦·坡的生日，我们去他的墓地，献花。

这和礼帽有什么关系？

我说，每年的这一天，都会有一个神秘的访客，身穿黑衣，头戴礼帽，勒着围巾，站在标有"埃德加·爱伦·坡最初埋葬地"的石头前，献上一瓶白兰地和三支玫瑰。

我们会碰见他吗？

不会，他一般出现在午夜。这个神秘人物第一次这样做是1849年，正好是爱伦·坡去世一百年。1993年，他留下一个纸条——"火炬会传承下去"，之后，爱伦·坡的崇拜者便效仿这一做法。午夜，古墓，神秘的黑衣人出没，是不是很爱伦·坡？

我们叫了出租车。先去花店买了三支玫瑰，然后去爱伦·坡墓地。司机不知道爱伦·坡墓地在哪儿，还好，GPS能搜到。司机是个大块头，白人，我问他知道埃德加·爱伦·坡吗？他问埃德加·爱伦·坡是干什么的？我说是个诗人、作家。他说他不看书，只看视频。我问他知道福尔摩斯吗？他说知道。我向他解释福尔摩斯与爱伦·坡的关系。我说福尔摩斯的爹是柯南·道尔，他爷就是爱伦·坡。司机哦了一声，稍停片刻，补充说，我对福尔摩斯的爹和爷不感兴趣。妻子碰我一下，我打住了，不再做文学普及工作。

下车后，妻子笑道，胡扯什么爹啊爷的，俗不俗啊？

我说，不是吗？柯南·道尔塑造了福尔摩斯，他不就是福尔摩斯的爹吗？而爱伦·坡是推理小说的祖师爷，说他是福尔摩斯的爷不为过吧？

妻子撇撇嘴，不屑与我争辩。

埃德加·爱伦·坡的墓碑很朴素，一块白色的花岗岩，经历风雨的侵蚀，颇有些岁月的沧桑感。

已有人献花，九支玫瑰，三支三支地放在墓碑前，中间摆放着一瓶白兰地。是三个人还是一个人？搞不清楚。

妻子说，我们没带酒。我说，爱伦·坡戒酒了。

我献上玫瑰。在买玫瑰时，我向店主要了一个便签，写了一个谜语。爱伦·坡的一大爱好就是解谜，他曾向读者发起挑战，邀请他们出谜难倒他。他说无论多不寻常、多古怪的谜都难不倒他。我给他出的谜是：

是鸟不叫鸟，

自把名字叫。

人们不喜欢，

嫌它穿黑袍。

凡是熟悉爱伦·坡作品的人都不难解开这个谜。前提是得会中文。唯有会中文，才能理解这个谜面之美。

我们回到宾馆，前台服务员说有我的东西。他递给我一个纸袋，里面是一本小黑书。封面是暗黑色，上面是一个纯黑的乌鸦剪影。书名：《乌鸦》。作者：埃德加·爱伦·坡。

我翻一下书，里面夹着我留在埃德加·爱伦·坡墓前的便签。我明白了，这是有人解开了谜语。当然，谜底就是这本书的书名：乌鸦。

我又仔细翻翻，里面没有留言。我问前台服务员，这是谁留的？他摊摊手，说不知道。我让他描述一下。他说，黑大衣，黑围巾，黑礼帽，围巾挡着脸，看不清面容，瘦，高。

他说什么了吗？

没有。

接下来的旅行，我一直在琢磨这件事：谜是谁解开的？终究是不得要领。旅途中我一直在读《乌鸦》。尽管以前读过，重读还是很享受。

未来建筑师来到帕特农神庙

帕特农神庙，是至高的存在。

柯布西耶在东方游历了五个月，终于来到雅典，帕特农神庙就在眼前……

他和伙伴奥古斯特坐船，由圣山，经萨罗尼卡，穿越爱琴海，前往雅典，拜谒卫城。船上还有八百头公牛。

连续航行两天。夜晚，星星在波浪的某个面上反射光芒。右舷方向，隐隐约约能看到埃维厄岛的轮廓。船头绕一个大弯，这边是卡提拉，那边是伯罗奔尼撒半岛。灯塔在为船指引着方向。

天亮后，柯布西耶发现，船并没有进港，而是围着一个小岛绕了一圈。岛边停着一二十条船，都挂着黄旗。挂黄旗表示发生了霍乱。他们的船停在海面上，也挂起了黄旗。他们要在这个荒岛上隔离。

这个岛叫圣乔治岛，连一棵遮阴的树都没有。

如何熬过隔离的痛苦日子？谈论《历史》和《伯罗奔尼撒战争史》吧。所幸他们两个都看过这两本书，有共同话题。在这里，这是最相宜的话题。还有心心念念的帕特农，像一盏黑夜中的明灯，给人以希望。

隔离结束之后，他们来到雅典。卫城就在上面。帕特农就在上面。他却却步了。焦虑、亢奋、喜悦、紧张……他必须按下暂停键，让时间静止一会儿，让心情平静一下。

我们都有类似的体验吧，面对巨大的喜悦，需要平复一下激动的心情。

他对同伴说："我不和你同上卫城，你自己去吧。"

同伴很惊讶："为什么？"

柯布西耶说："不为什么，我只是现在不想去。"

"不看帕特农吗？"

"现在不看。"

他整个下午都泡在咖啡馆里。他让自己不去想帕特农。他怕自己像司汤达那样因为看到艺术杰作而震惊和晕倒（后来人们称此现象为司汤达综合征）。不想，却无时不想，这是个悖论。他幸福着，也被折磨着。忐忑不安。

参观帕特农是他人生的梦想之一，如今实现在即。崇拜高于理性。不需要理由。它的存在即是理由。帕特农，你的名字就让我崇拜！

他等到日落时分，游人稀少时才爬上山冈。

他仿佛穿越时间，走进了历史，来到两千五百年前。这是神圣的时刻。帕特农，这是你诞生的时刻。最初看到你的人们目瞪口呆，惊讶于你的宏伟和美。宏伟即智慧。美即神圣。一座建筑，集合了神圣、美丽和智慧，如何能不让人膜拜。

柯布西耶看到帕特农的第一眼，就愣住了，仿佛挨了当头一棒。天地之间，除了这神庙，仿佛别无他物。至少在他眼里，别的都不存在。

他把头埋于掌心，瘫倒在台阶上，全身震颤……尽管他有所准备，但还是没法避免司汤达综合征。

过了好一会儿，他终于站起来，像梦游一般，在神庙中游荡……

卫城距今已有两千五百年历史，有十五个世纪没有对它进行任何维护。1687 年的一天，帕特农神庙成了火药库。进攻者的一发炮弹落入神庙，引爆了火药，引发了爆炸。神庙损毁很严重。但仍然存在。八根高大的柱子巍然屹立，与山海日月同在，亘古不变。

之后，柯布西耶，这个将来会被称为"现代建筑旗手"的人，每天都到卫城去看帕特农，如同朝拜。

我要一千次地看你，帕特农。

我要从一千个角度看你，帕特农。

我要一千次地拥抱你，帕特农。

我要一千次地与你交谈，帕特农。

我要一千次地陶醉于你，帕特农。

…………

莎翁，请收下一英镑

亨利街。晴朗的上午。一个大腹便便的商人，叼着大雪茄，举着文明杖对莎士比亚故居指指点点。他的举动很快引起人们的注意。一个市民走上前去询问："先生，您是——"

"我嘛，我来自遥远的大洋彼岸。"

"美国？"

"嗯，说得对，美国，我正是来自新大陆美国。"

"您看上去……"

"我看上去怎么样，像不像一个成功人士？"

"像，不是一般的像，而是太像了。"

"我是美国马戏团老板费尼斯·巴纳姆，您听过我的名字吗？"

"请原谅我孤陋寡闻。"

"没关系，我也没奢望我的名声能传这么远。"

"您来此有何贵干？"

"我要买下莎士比亚故居，把它拆了，运到美国重建。"

"你要买下莎士比亚故居？"

"对，买下来。"

"然后，把它拆了？"

"是的，拆了。"

"运到美国？"

"运到美国。"

"噢，天啊，这不可能，这不可能。"

"怎么不可能？你瞧，这不是挂的牌子吗，上面写的什么？你认字吗？好吧，我念给你听：此屋出售，售价 3000 英镑！——我认为这是个合理的价格，我不打算讨价还价。说实话，单凭莎士比亚这个名字，它就值这么多钱。"

"你说得没错，它的确值这么多钱，但是，我要阻止你。"

"为什么？"

"莎士比亚属于世界，但莎士比亚故居属于英国。"

"你怎么阻止我？"

"我要发起募捐活动，筹到足够的钱，把它买下来，让它保持原样。"

"请问尊姓大名？"

"在下狄更斯。"

这是街头小剧，据说再现的是一段真实故事。故事发生的年代是 1847 年。狄更斯为保护莎士比亚故居，发起募捐活动。很快筹到 3000 英镑，保住了莎士比亚故居。若不是狄更斯，今天我们要看莎士比亚故居恐怕得到美国去。那确实有点荒唐。

接下来，是募捐环节。演戏，还真募捐啊？

"狄更斯"说："游客也可捐款，捐款不要超过一英镑。捐款者每人会收到一张加盖纪念章的捐款纪念卡片，此卡片可留作纪念，也可凭此卡片到纪念品商店选一个自己喜爱的纪念品。"

我和妻子毫不犹豫各捐一英镑，分别领到一张盖章的卡片。卡片如同明信片，正面是莎士比亚头像，背面是莎士比亚故居照片，很是精美。

我将卡片留下作为纪念，妻子领了一个纪念品——哈姆雷特布偶。

蜥蜴舌头

传说锡兰离天堂只有四十英里，

在锡兰就可以听到天堂喷泉的水声。

——罗伯特·诺克斯

在斯里兰卡，我们一家三口住的客栈在一个橡胶种植园里。店主有三个孩子，都是男孩，老大 11 岁，老二 9 岁，老三 7 岁，一个比一个调皮。我们的儿子今年 8 岁，刚入住，就与那三个男孩打成一片。店主对我们很好，食物也可口。

一天早上，我们正要出门，一只蜥蜴从屋顶掉下来。在斯里兰卡，我们可没少见蜥蜴。这种脖子短小、四肢粗壮、体形较小的蜥蜴，叫塔拉戈亚，在斯里兰卡很常见，在世界其他地方却很稀少。它们色彩鲜艳，动作敏捷，不怎么怕人。只要它们认为距离安全，便不躲避。我们常常与它们对视，互相感到好奇。如果作势进攻，它们掉转身，尾巴一甩，瞬间就消失不见了。

蜥蜴从屋顶掉下来并不会摔伤。它们自有一套保护措施。可是，意想不到的事情发生了。店主闪电般地扑向这只不幸的蜥蜴，将它按在地上，用膝盖压住，用拳头狠狠地捶打它的头，直到它丧命为止。店主掰开它的嘴，手指伸进去，用力揪出它分叉的舌头。他的手指像钢爪一般有力。我们看得目瞪口呆。店主的三个儿子躲在我们身后，惊愕地看着这残忍的一幕。

店主举着蜥蜴血淋淋的舌头，招呼他的三个儿子："快过来，快过来——"

三个男孩受到惊吓，撒腿就跑，刹那间就没影儿了。

店主攘着蜥蜴舌头，边喊边追赶他的三个儿子。

一会儿，店主折返回来，嘴里骂骂咧咧。没有追上三个儿子，他很生气。他突然看到我们的儿子，举起蜥蜴舌头，摇晃着说："你，吃了它。"

儿子吓得躲到我们身后。

我们谢绝店主的好意。

店主说小孩子吃了蜥蜴的舌头，长大后就能言善辩。他说他的表哥就因为吃了半条蜥蜴舌头，后来当了律师，他特意强调："是很有名的律师，论小时收费，挣了很多钱，在科伦坡买了大房子。"

他表哥当时不吃，他姑姑就强迫他吃，他勉强吃了半条。"瞧，就是这半条蜥蜴舌头，让他成了名律师。"

他说他当时在场，他表哥吃蜥蜴舌头的景象——恶心，呕吐，快要死掉——把他吓住了，要不他会把剩下的那半条吃掉。"如果我吃掉那半条就好了，"他叹口气说，"何至于现在这么笨嘴拙舌。"

蜥蜴的舌头必须吃活的才管用。

"趁它还活着，"他对我儿子说，"你，吃了吧，吃了能当律师，当法官，当演说家……"

儿子不住地摇头，紧紧抓着我的手。

我再次谢绝了他。

他说："我有个舅舅，叫迈克尔·翁达杰，也是吃了半条蜥蜴舌头，当了作家。他的小说还拍成了电影，《英国病人》，你看过吗？"

我说看过，这电影很有名，我也很喜欢。

"我舅姥爷说，他要把整条蜥蜴舌头都吃下去，他能获得诺贝尔文学奖。"

我说他即使没吃蜥蜴舌头，也会获得诺贝尔文学奖的。

"当真？"

"当真。"

"你要是评委就好了。"他说。

我们都笑起来。我笑得很尴尬，与其说是笑，不如说是哭。我为那只丧命的蜥蜴深感痛惜。不过，我真希望翁达杰能获得诺贝尔文学奖，他完全配得上。但对于店主所说的翁达杰的文学成就和蜥蜴舌头的关系，我是质疑的。

　　但愿没人再相信蜥蜴舌头的神奇功效，但愿没有蜥蜴再因此而丧命。

我差点买了一个魔鬼

我与马洛在塞纳河畔逛古玩跳蚤市场。因为只在晚上开市交易，加上路灯光线昏暗，看上去鬼影幢幢，被称为"鬼市"。这里的东西五花八门，真假难辨。马洛说，我们就看看吧，买，多半会上当。

我看上去不像有钱人，却被一位摊主拦住兜售一柄古剑。摊主蓄着胡子，身穿长袍，看上去像阿拉伯人。我们就叫他阿拉伯人吧。他边比画，边长篇大论，我虽然一句也听不懂，但解读他的神态和姿势，明白他是在夸这把剑。他的声音本来不高，有时又压得更低，几乎听不到。他将嘴凑到我耳边，很神秘地对我说悄悄话，似乎在告诉我一个天大的秘密。他看我一脸茫然，用手指敲敲剑柄，给我看剑柄上镂刻的字母：

Azoth

我完全不懂，问马洛，马洛说，他说这里面封印着一个魔鬼。他进一步解释说，这剑是帕拉塞尔苏斯传下来的。帕拉塞尔苏斯是谁？摊主说，我研究过他，他在文艺复兴时期可是大大有名，他医术高超，还是占星学者、魔法师、神秘哲学家和神学家，也有人说他是吹牛大王、骗子、妄想狂。传说，他用自己的精液通过化学方法造出过胎儿。他的这把剑总是随身佩带，剑柄里封印了一个魔鬼，剑格中空，里面藏有哲人石。哲人石？对，就是点石成金的哲人石。

摊主说，他遇到讨厌的对手就施放魔鬼；遇到喜欢的人，就以哲人石相赠。

我通过马洛翻译，与摊主交流。我问：如何证明这就是帕拉塞尔苏斯的剑？摊主指着剑柄上的铭文 Azoth：这就是证明。他说：你参观罗浮宫，里面有一幅帕拉塞尔苏斯的肖像画，那上面他就握着这把剑，剑上刻的就是这几个字母。他又说，几乎所有帕拉塞尔苏斯的肖像画里，他手中都持着这把剑。

我问，多少钱？

他比画一个"OK"的手势。

三百吗？

不，三千，欧元。

我摇摇头。

他说可以一千给我。我又摇头。他说，五百。我还是摇头。他说，就按你说的，三百。我说，人民币。他摇摇头，摊摊手，意思是太低了，成交不了。

离开这个摊位后，马洛说，一看就是假的，真的哪儿会有这个价。我当然明白，我只是觉得这个假古董剑挺有意思。

第二天参观罗浮宫，我果然看到了帕拉塞尔苏斯的肖像画，他手里握着的那把剑与我们在"鬼市"见到的那把一模一样，上面清晰地镂刻着 Azoth。

我对马洛说我很想要那把剑柄里封印着魔鬼的剑，三百欧元，可以接受。马洛说，好吧，我们去把剑和魔鬼买来就是。他领着我再逛"鬼市"，却怎么也找不到那个阿拉伯人了。

伊斯坦布尔艳遇

旅行，就是与陌生的地方、陌生的人相遇。每天都是新奇的，风、光、色彩、建筑、人、动物、气味、山、水、桥梁、湖泊、海洋、器物、果蔬、声音……扑面而来，在你的目光中变幻，在你的耳朵里震荡，在你的舌尖上起舞，在你的鼻孔中冲锋，在你的肌肤上抚摸……让你心情愉悦，感官敏锐，如饮佳酿。如果有艳遇，哦，那简直是意外之喜。

我此次旅行，口袋里揣着柯布西耶的《东方游记》。我是循着柯布西耶的路线，一路来到伊斯坦布尔的。

柯布西耶是 1911 年 5 月开始他的东方旅行的。那时候与现在，可以说是两个世界。在中国，那是清王朝的最后一年。在伊斯坦布尔，那是奥斯曼帝国的黄昏。不过，没人有先见之明，可以预见即将到来的大战和帝国的分崩离析。

那时，伊斯坦布尔是平静的。只是，火灾给他留下了非常深刻的印象。他说几乎每夜都有火灾发生，因为失火，这个城市每隔四年就换身新皮！

柯布西耶切切实实地经历过一次火灾。在那个夜里，他看到了这个城市极为矛盾的一幕：夜里烈焰冲天，九千座房屋化为灰烬；然而，到了早上，一切如常，人们照样过节，喧嚣欢腾，鞭炮阵阵。

说说艳遇吧。柯布西耶此次旅行的唯一艳遇就发生在伊斯坦布尔。有一天，他在集市上看中一块印花布，就是当地妇女头上戴的那种。他问价钱。土耳其老妇人看他是老外，报了一个很高的价。他吓一跳，怎么会这么贵？漫天要价，就地还钱。他摇摇头，表示不接受报价。你给多少？他摇头。老妇人把价钱往下降了降，他还是摇头。这时，耳畔响起一个说德语的声音："你说德语吗?"

说话的是一个小女人，戴着樱桃红的面纱。就在他身旁，离他很近，他一扭头，差点碰到她。隔着面纱，逆着阳光，他能看到她美丽的面庞。她的眼睛熠熠放光，像两颗钻石。他能嗅到她的体香，也可能是香水，像夏日午后的柑橘果园。

他生在瑞士，后来加入法国籍，但德语他也能说。他们用德语交流。她说他很有眼光，那块花布很漂亮。他说价钱太离谱了。她笑笑说，我帮你搞价。她和土耳其老妇人聊了几句，告诉他一个能接受的价钱。他掏钱买了下来。

他的注意力早就不在花布上了。那块花布不重要，可有可无。他宁愿与这个小女子多说一句话，也胜过得到那块花布。

他完全迷醉了。即使隔着面纱，那美仍然光芒四射，不可抵挡。还有，她甜美的声音，像能拨动心灵的琴弦。

他没有注意到，一群土耳其男人聚拢过来，一个个瞪大眼睛，吃惊地看着一个"异教徒"和一个戴面纱的妇人说话。在这里，这是不能接受的事情。如果他和小女子继续说下去，看那架势，他们也许会暴揍他一顿。戴面纱的小女子适时地与他说了再见。

告别小女子后，柯布西耶神魂颠倒，怅然若失。再也见不到这个天仙般的小女子了，如何是好呢？他神思恍惚，不知道自己是怎样回到住处的。

天啊，她那么美！他此生都不可能再忘记她。他庆幸他和她说了几句话。这种幸福，足够他在以后的旅途中反复回味……

我之所以叙述了柯布西耶的"艳遇"，是因为我的艳遇完全是柯布西耶式的。我的陶醉，我的怅惘，我的恍惚……与柯布西耶所体验的一模一样。

我没去买花布。我的艳遇发生在纯真博物馆。那是一个爱情博物馆。我看过帕慕克的小说《纯真博物馆》，超级喜欢，于是来到这里，参观这个根据小说而建的博物馆。

在博物馆门口，我往里走，她往外走，我们擦肩而过。在相遇的刹那，我仿佛被闪电击中一般，颤抖一下，心脏停止跳动……

她太美了，美得炫目。我仿佛看到了《纯真博物馆》中的芙颂。是芙颂从小说中走出来了吗？芙颂之美，在小说中有详尽的展现。当然是文字传递的，小说中并没有芙颂的照片。帕慕克不是塞巴尔德，塞巴尔德喜欢在小说中放照片，帕慕克不这样。想象，往往能创造更美好的形象。芙颂就是一个小仙女。

我们目光相遇，火花四溅。那女孩嫣然一笑，飘然而去。也许这全是我的幻觉。我不知道。我已处于恍惚状态。

柯布西耶与戴面纱的小女子还说了几句话，而我，却只是看一眼美人，一句话也没说。这方面，柯布西耶比我幸福。

随后，我在博物馆中处处看到那女孩的影子。仿佛人走了，可以把影子留下似的。我想，如果我再次遇到她，我会和她打招呼：

"嗨，你好！"

谢阁兰献身之地

住进酒店后，一位侍者很神秘地问我："你要不要去看看谢阁兰献身之地？"

我很惊诧，他怎么会知道我此行的目的？我打量侍者，他很有职业素养，两手紧贴裤缝垂着，准备随时听候吩咐。但他的表情出卖了他。一丝不易察觉的笑被我捕捉到了。

"你是007？"

"你是016。"

像特务接头对暗号一样。其实，007和016只是我们在谢阁兰兴趣小组的编号。我们这个小组人不多，具体地说，是45人。居住在世界各地。从事的工作也五花八门，有编辑，有工人，有学者，有演员，有出租车司机，等等。还有，比如007，是一个侍者。我们在网上交流关于谢阁兰的一切，比如，谁收藏了谢阁兰的初版书，哪里又发现了谢阁兰的手稿，谁又在撰写谢阁兰的传记，等等。每人有一个数字编号。我的编号是016。我在群里说我要去寻访谢阁兰的"献身之地"，群里有很多调侃，因为大家都知道所谓的"献身之地"是什么意思。谢阁兰称作"在此献身的三个地方"，是指他在这个酒店后面享受云雨之情的树丛。007发了一张英格兰酒店的正面图片，上写：欢迎入住。我有些奇怪，他干吗要代表酒店欢迎我呢？但我也没多问。原来，他就在酒店工作啊。

我们的手紧紧握在一起。

007说他就是为了寻访谢阁兰"献身之地"才来这儿当侍者的。他说，1966年，超现实主义的创始人布勒东来寻访谢阁兰"献身之地"，就住在这个酒店。所谓寻访，其实是表达一种敬意。他也是。他要写一篇关于谢阁兰的博士论文。你在读博？他说是的，他一边当侍者，一边写论文。

晚上，他将他收藏的《碑》拿给我看。这是初版，1912年北京北堂印书馆出版。1989年法国国家图书馆举办历代文学珍本展览，《碑》是当代40种文学珍本之一，可见其珍贵程度。007能给我看这么珍贵的收藏，我非常感动。我赠送他一套朋友译的《勒内·莱斯》的复印本（能不能出版很难说），他也很高兴。

《勒内·莱斯》是以莫里斯·鲁瓦为原型创作的小说。1910年，谢阁兰在北京认识了鲁瓦，跟着鲁瓦学汉语。这个鲁瓦，虽然只有 19 岁，却是个不折不扣的吹牛大王和自大狂。他自称是光绪皇帝的朋友，救过皇帝的命。又说自己是宫廷特务机关的头目，挫败过对摄政王的暗杀。还说为了笼络袁世凯，给皇帝出过谋献过策。他还说他是隆裕皇太后的情人，每两周随戏班进宫，与皇太后幽会。这还不算，还有更离谱的，他说隆裕皇太后还为他生了一个女儿。

我和 007 聊了一会儿谢阁兰和鲁瓦。谢阁兰相信鲁瓦说的故事吗？从谢阁兰的日记中，可以看出他是半信半疑，或者说，与其信其无，宁可信其有。鲁瓦，一个多么生动的小说人物啊。谢阁兰一定是这样想的。

第二天，007 带我寻访"献身之地"。这里"献身之地"有双重意思，一是他与妻子的云雨之地，二是他的死亡之地。1919 年5 月 21 日，他离开英格兰酒店，就此失踪。两天后，他的妻子来到现场，她说他只能待在其中一个"献身之地"，去那里寻找，果然找到了他的尸体。

007 带我爬上山坡，来到陡峭的山顶。他指着一片低洼的草地说，就是这里，他的献身之地，也是他的归天之地。他的尸体就是在这里找到的。当时，他左脚赤裸着，胫后动脉被尖锐物体刺破，他的手帕紧紧地系在脚踝上面，但手帕没能止住血，血流了一大片。他死得很平静。他将外套卷起来做成枕头垫在颈下，旁边有酒瓶和莎士比亚的《哈姆雷特》剧本。他妻子说："他知道我能找到他。"

亲朋好友都觉得他是自杀。他是医生，他为什么用手帕止血，而不用领带？这说不过去。另外，他失踪的前一天分别给妻子和女友各写了一封信。对妻子，他说："当我获得重生，只有那时，我才能像你一样，也多亏了你，全身心活在我们的当下。"对女友，他说："不，小埃莱娜，我一点都不'好'，只勉强'好转'了一点儿。让我独自了结这一切吧。"

在青草掩映的花岗岩上，我们辨认出一行字迹，写的是：海军军医、诗人、作家，在此辞世。看来，就是这地方。我们带有酒，奠酒三杯，以为纪念。然后，我和007又默默站立了好一会儿，才下山。

谢阁兰死时41岁，出版作品很少，用他朋友的话说，是"不起眼到不为人知的地步"。死后，他的遗作和日记陆续出版，名气随之增大。开始有人研究他和他的作品，有传记出版。20世纪末，谢阁兰被评为复合型、精英主义、"书写中国"的作家。博尔赫斯评价谢阁兰："难道你们法国人不知道，谢阁兰才可厕身我们时代最聪明的作家行列，而且也许是唯一一位对东西方美学和哲学进行综合的作家。你可以用一个月就把谢阁兰读完，却要用一生的时间去理解他。"

游戏国度

吃过饭，到前台结账，服务员示意我稍等。她去与另一位单独就餐的男士说了些什么，那位男士点点头，走过来。服务员拿出一个签筒，里面有两个木片制成的签。她让我们抽签。我不明白，结账干吗要抽签，心想也许是这儿的习俗吧。看那位男士，他微笑着，示意我先来。我抽了一支，他抽了另一支。我们亮出签，我的签上画了一个圆圈，那位男士的签上画的是一个对勾。那位男士将签交给服务员，点一下头，回到座位上，继续就餐。

我递钱给服务员，要求买单。服务员不收，笑着摇头，说："NO（不），NO，NO。"并且示意我可以走了。

我有些发蒙。因为语言不通，我不明白发生了什么事。莫非我的钱有问题？钱是从导游那里换的，应该不会有问题。看服务员的表情，也不像是钱币有问题。

我和服务员比画着交流。我要付钱，服务员不收。我坚持要付钱，服务员坚持不收。我又不是来吃霸王餐的，哪能不付钱呢？可我拗不过服务员，只好离开。

第二天，一见到导游，我就把我的经历说了，我说，我该怎样付钱呢？

导游听了哈哈大笑，说，你不用付钱，那位男士会替你付的。

为什么？

导游说，你和那位男士做了个游戏，抽中圆圈签的，不用付钱；抽中对勾签的，则需付两个人的饭钱。

为什么会这样？

导游说，因为这是个游戏国度啊。

看到我露出困惑的表情，导游进一步解释说，这个国家的人喜欢游戏有着悠久的历史，在很久很久以前，发生了全国性的大饥荒。为了对付饥荒，他们发明了游戏，人们第一天玩游戏，不吃饭；第二天吃饭，但不玩游戏。如此循环往复，坚持了十八年。可是饥荒仍看不到尽头，于是国王将臣民分成两半。一半人留在故土，继续玩游戏；一半人扬帆出海，到他处寻找生路。哪一半人留下，哪一半人出走？方法很简单，抽签决定……后来，游戏精神就一代代传承下来了。

我说，如果我抽到画有对勾的签，就需要付两个人的饭钱吗？

导游说，那是当然。

一盒磁带

哈瓦那的夜晚仿佛被点了魔杖，闪闪发光。空气是玫瑰色的，带着雪茄味。我们的朋友圣地亚哥说，不见识哈瓦那的夜生活，就不算来过古巴。他是万事通，他说哈瓦那的每一条小巷他都熟悉，每一块石头他都能说出它的历史。圣地亚哥这名字来自海明威的小说《老人与海》，他说他父亲是海明威的粉丝，所以给他起了这个名字。他哈哈大笑。"不过，我喜欢这个名字，它会给我带来好运。"他搂着我和马洛的肩膀，要带我们去一个奇妙的地方喝酒。顺便说一下，他留着海明威式的大胡子，看上去雄壮、豪放，有男子汉气概。路过一家电影院时，他说这是卡彭铁尔《追击》中写的那家电影院。他还指着一家古董店说那里有切格瓦拉青年时代骑的摩托车，等等。

他领我和马洛七拐八拐来到"三只悲伤的老虎"酒吧。路上还遇到一阵雨，仿佛云彩打喷嚏，一下子就完了。我们在路边一个小店里买了三个面具，分别是马尔克斯、富恩特斯和海明威。圣地亚哥分配了面具。我——马尔克斯，马洛——富恩特斯，圣地亚哥——海明威。圣地亚哥说他其实不用面具，他的脸天生就是面具，他问我们他像不像海明威，我们都说岂止像，你就是海明威。他很开心。但他还是戴上面具。他说："海明威也需要扮演自己。"这之后，我们互相之间就以面具来指称。

这个酒吧借用的是因方特小说的名字，据说和因方特没有关系。酒吧很小，十分拥挤。我们寻找座位时，人们侧着身子为我们让路。我们在乐队旁边找到两个空位，又加一个凳子。海明威要了一打啤酒。他举起酒瓶和我们碰杯，说："喝吧，朋友，不要辜负这流动的盛宴！"我和他碰杯，回应以马尔克斯的句子："繁殖吧，母牛，生命短促啊！"我们使用的都是英语，因为我和马洛不懂西班牙语，而圣地亚哥不懂汉语，我们只好借助第二外语交流。我们开怀大笑。

一打酒喝完后，海明威又要一打。他说要喝就一醉方休，钱算什么，没了再挣。我说李白也是这样说的，有诗为证：人生得意须尽欢，莫使金樽空对月。天生我材必有用，千金散尽还复来。海明威不晓得李白是谁，我要向他解释，富恩特斯拦住我，大声说："李白是中国的何塞·马蒂，明白？""噢，诗人，明白，明白。"海明威也大声说。酒吧里全是音乐声和噪声，还有人们讲话的嗡嗡声，我们也不由得提高声音。"酒徒，"富恩特斯说，"喝酒喝酒。"我们又干一瓶。一瓶接一瓶，不醉不休。喝酒的目的就是要把自己送上云霄。

酒吧里的乐队玩嗨了，疯狂地击打、吹奏、弹拨着乐器，乐声轰鸣。穿得像弗里达的女歌手忘情地演唱，歌声穿云裂帛。歌很好听，尽管我们听不懂。阵阵掌声和哨声，简直要掀翻屋顶。

后来，不可思议的事情发生了。海明威怂恿我们上去唱歌，而我们——竟然——真的——走上了舞台。酒壮尿人胆。我们什么也不怕。身在异国，没有人认识我们，唱好唱孬，有什么关系呢。他们唱的西语歌曲我们听不懂，我们回敬他们中文歌曲，看他们听得懂否。我们扯着脖子唱《一无所有》。乐队不知道该怎样给我们伴奏，就简单给我们打节拍，给和声。一曲唱罢，我们也赢得了雷鸣般的掌声。海明威示意我们再唱一首，于是我们又唱了《花房姑娘》，还是雷鸣般的掌声。

出酒吧时，我们像踩在云彩上。海明威送给我们一个礼物，是一盒磁带，上面印着两个名字：马尔克斯和富恩特斯。"做个纪念吧。"他说。我笑笑，拍拍海明威肩膀，与他拥抱，表示感谢。这是盒式磁带，20世纪八九十年代很流行，现在，都用U盘了，谁还用这种磁带。不过，做个礼物，倒是挺好的，有纪念意义。有此为证，我和马洛在哈瓦那演唱过，这是吹牛的资本。告别时，海明威走过马路，我喊："大——师!"海明威回头向我挥手：

"再——见，朋友！"

回国后，我早将磁带的事忘到九霄云外了。整理行李时，看到磁带，我还有些恍神，这是哪儿来的？家里恰好还有一个老式播放机，落了很厚的灰尘。我掸去灰尘，插上电源，将磁带插进卡槽，按下播放键。我以为会听到我和马洛在哈瓦那酒吧的嘶吼，没想到，播放机里飘出的却是完全陌生的声音。我笑了，心里说：这个圣地亚哥，真会开玩笑。

我在电话里把这件事当作花絮讲给马洛听，马洛在电话那头沉默三秒钟，说：

"你把磁带送给我吧。"

"你要磁带干什么？"

"收藏。"

我不认为这有什么收藏价值。既然马洛要收藏，就让他收藏好了。

我把磁带快递给马洛一周后，马洛要请我喝酒，表示感谢。

他怀着压抑不住的兴奋给我讲了一个故事。他说："马尔克斯在巴黎落难时，曾经和一个委内瑞拉画家一起去酒吧当驻唱歌手，他们唱墨西哥歌曲。你知道他们一晚上挣多少钱吗？"我说不知道，他说："五百法郎。"

我说："等等，你说的马尔克斯是加西亚·马尔克斯吗？"

"正是，就是你喜欢的写《百年孤独》的马尔克斯。"

"这是你杜撰的吧?"

"千真万确,"马洛发誓说,"连一丝一毫的杜撰成分都没有。"

看来他是认真的。他为什么要请我吃饭,专门给我讲这个故事?我马上意识到,也许与那盒磁带有关。

"莫非磁带上录的是马尔克斯的歌声?"

"正是,"马洛说,"不过不是马尔克斯和委内瑞拉画家的歌声,而是他和富恩特斯的二重唱。"他还说富恩特斯生前发疯似的想赎回去,没有实现。这磁带,全世界的马尔克斯迷都在寻找,现在落到了他手里。瞧他得意的样子。

我差点晕过去了。我知道后悔已经不管用了,马洛无论如何是不会把磁带还给我的。

婚姻以外那些事

到剑桥，一定要到咖啡馆坐一坐。我知道，我不可能遇到罗素和维特根斯坦，也不可能遇到艾略特，因为他们已经告别了这个世界。我只想感受一下这里的气氛。

我和妻子要了两杯咖啡，坐在临窗的位置消磨时间。冬日的阳光打在窗户上，给人以温暖的感觉。

邻桌，一位老人在说话，我们偷听到一些。他说："我一生都非常幸运，曾住在最美的城市，生活在最激动人心的环境里。我有很优秀的学生。包括我的婚姻以及婚姻以外那些事——对我来说相当重要——也都是幸运的。我的运气好极了。"

老人对面的中年人抓住他话语中一个敏感之处："婚姻以外那些事？"

老人狡黠地一笑："你明白的。"

"能谈谈吗?"

"你知道,我是研究沉默的。"

"更是研究语言的。"

他们哈哈一笑。

"有些事只需要推理即可。"老人随即讲了一个段子,他说,"普林斯顿高等研究院的年轻数学家们到了晚上才回家,跟妻子丝毫不谈论自己的工作,一个字都不谈。但其中一个妻子跟我解释说:'在床上做那事时,我能辨别出哪些白天他发挥出了创造力,哪些白天没有。'瞧,这很简单。"

我知道他不可能去讲"婚姻以外那些事"了。……我忽然发现我在偷窥别人的隐私,心头浮现出一片小小的不道德的阴云。

走出咖啡馆,我突然想起维特根斯坦的临终遗言,他说:"告诉他们,我度过了幸福的一生。"能在临终说出这句话的人,人生是多么圆满啊!

刚才,咖啡馆里的老人,看上去有八十多岁,双目炯炯有神,他有资格说"我一生都非常幸运"。

我们去逛书店,看到门口挂着刚才那位老人的图书海报,上面有照片和姓名,噢,是鼎鼎大名的乔治·斯坦纳,我读过他的《语言与沉默》。

"知道他人生最大的遗憾是什么吗?"

"什么?"

"他后悔年轻时没搞创作，没能写几本小说或戏剧。他怕失败，所以没去尝试。……其实他发表过小说，不过，那是五十岁之后的事了。晚吗？也不晚，这个年龄才开始写小说的也不乏其人。他有一篇小说写希特勒，名叫《押送希特勒到……》，地名我记不住了，是以叙事的形式进行的思想对话。他还写过一个小说，叫《证明》，讲的是一名逐渐失去视力的校对员的故事。"

"评论家想当小说家？"

"是，他说小说家与评论家之间的距离是以光年计算的。"

注：斯坦纳出版过三部短篇小说集《公元纪元》（1964）、《证据和三则寓言》（1993）和《海的深处》（1995），一部长篇小说《押送阿道夫·希特勒前往圣克利斯托克》（1981）。斯坦纳出生于1929年，也就是说，他出版第一本小说集时只有35岁，其他几本小说是50岁之后出版的。

避雨

雨下大了。我的同道田君指给我看，一个上年纪的女人正慌忙跑到屋檐下避雨。那女人用手帕裹着头，衣服都淋湿了。

这是雨中很平常的一幕，没什么新鲜。田君让我看什么呢？

——一个女人淋雨了，我说。

——是，田君说，淋湿了。

——她出门时没想到会有雨，那时云已压得很低。

——离家不远，她大意了。

——她是在想心事，忽略了天气。

——她拎着盒子。

——她替人打酒买菜回来，盒子里面是酒菜，你瞧，还冒着热气。

——她原本没想躲雨，她想尽快赶回去，所以衣服淋湿了。

——有人在等着酒菜呢。

——她在看天，有些着急。

——飘风不过午，大雨不终朝，这雨很快会停的，可她等不及，你瞧——

雨刚刚变小，还没停，那女人就匆匆走了。田君与我相视一笑。我们看着那女人的背影消失在街角。

田君让我看的这一幕就这样结束了。

一个女人躲会儿雨，然后走了，没有任何戏剧性。

——没什么特别的，我说。

——是没什么特别的，田君说。

——只是避雨。

——只是避雨……你晓得书里是怎么写的吗？等了一歇，那雨脚慢了些，大步云飞来家。

——嗯。

——试看这句话里面，有云，有雨，有雨之脚，有女人的步子，雨脚慢，而女人的步子大，写得何等优美而灵动。

——确实写得很美，充满意象，如同诗歌。

——你觉得这个女人如何？

——女人淋雨，淋得精湿，怪可怜的。

——避雨，湿衣，不知怎的，这个人物一下子很有人情味，是吧？

——是。

——你讨厌她吗？

——一个淋雨的女人，我为什么要讨厌？

——如果我告诉你这个女人的身份呢？

——她是谁？

——邪恶无耻的王婆呀！瞧，那儿写着紫石街，她是去替西
门庆和潘金莲买酒菜……

刽子手桑松的日记

可怕的一天。断头机吞掉了 54 个人。我已筋疲力尽，勇气顿消。那天夜里，坐下来吃晚饭的时候，我告诉妻子，我可以看到我的餐巾上的血迹……我不能自称拥有我并不拥有的任何感知能力：我太过经常、太过贴近地目睹了我的人类同胞所遭受的痛苦，以至于并不容易受到影响。如果我所感受到的不是怜悯，那必定是由于我神经质发作而导致的、大概是上帝之手在惩罚我对某种东西表现出来的怯懦和柔顺，这种东西与我生来所服务的正义几乎没有什么相似之处。

这是陈列在断头机旁橱窗里的一篇刽子手桑松的日记。桑松说的"可怕的一天"，是指 1795 年 6 月 7 日。54 个人是作为密谋者被处决的。其中有杂货商、教师、音乐家、推销员等。那时候断头机统治着法国。从 1793 年起，已有数万人被杀。虽然启用了断头机，但刽子手并没有失业。可能是需要杀的人太多，断头机忙不过来吧。

砍头是桑松的工作。这项工作并不是谁都能胜任的，它不但需要勇气、胆量，还需要技能。手起刀落砍掉一个人的头颅的困难超乎想象。1587 年，刽子手砍了三下才砍下苏格兰玛丽女王的头，1541 年处决索尔兹伯里女公爵玛格丽特波尔则砍了更多下。桑松就没出现过这种情况。手起刀落，人头落地，那是对被处决者的尊重。让被处决者少受罪，同时也有尊严。在人生最后时刻，保持尊严是必须的。那是一个人最后的表演，不能搞砸。

桑松见证过很多最后时刻的表演。大多数人都能够从容面对死亡。比如陆军副官博伊居永在断头台上摆好姿势，对桑松说："今天是实际演出，你一定会惊讶，我对自己的角色多么熟悉。"也有因恐惧而崩溃的，比如路易十五的情妇杜巴里夫人被送上断头台时，不停地尖叫，她留给人世的最后的话是："再等会儿，行刑官先生，就一会儿。"

桑松为刽子手这个职业赢得了尊重。他说，任何时候，只要有一个人被判死刑，他家里的刀斧便会铿锵作响。他还说，当他站到断头台上时，他稳如泰山，他在即将被砍头的人身体上唯一能看见的痕迹，是脖子上一条细细的红线，那是刀斧要砍下的位置。

回到这可怕的一天。每有处决，人们就像看演出一样踊跃。报贩在巴黎大街上高喊："这里有最全的断头台抽奖名单，谁想看这份名单？今天有 60 个左右。"桑松提着明晃晃的利斧从大街上走过时，人群一阵骚动，有人吹口哨。

桑松处于舞台的中心。他要扮演好自己的角色，必须心无旁骛，把杀人的活儿干得干净利索。众目睽睽，他不能有丝毫懈怠，不能有半点失误。他要维护刽子手的荣誉。28 分钟，他砍下 53 颗头颅。最后，是一个 18 岁的少女，她叫妮可布沙尔。她多么脆弱单薄啊，一只老虎都会怜悯她。一个助手过去绑她瘦小的手腕，对她说："这只是一个玩笑，不是吗？"此时，妮可破涕为笑，答复道："不，先生，它是真的。"

在桑松的职业生涯中，他认为妮可的最后表演最完美。但是，他忍受不了这样的流血。如果放下刀斧，能救妮可一命，他会毫不犹豫地这样做。可是，他知道，谁也抗拒不了命运。他的命运是杀人，妮可的命运是在 18 岁时走完生命的最后旅程。于是，他屈从于命运，尽职尽责地完成这天的工作。

黑泽明自杀未遂

门突然被撞开，东条忠议像一阵旋风刮进来，看他的表情，就知道不会有什么好消息。果然，他将手上的报纸往桌子上一摔，叫道："小野，出大事了！"

他的声音，真是吓人。

小野看到报纸上的大字标题：

黑泽明自杀未遂

突然，天塌下来一般。小野呆坐片刻。她站不起来，仿佛成吨的悲伤和恐惧压在身上，她不堪重负。

小野从给黑泽明的《罗生门》做场记起，已追随黑泽明二十多年，参与和见证了黑泽明的辉煌。《罗生门》《生之欲》《七武士》《战国英豪》《恶汉甜梦》《用心棒》《椿三十郎》《天国与地狱》《红胡子》，等等，都有她的一份心血。她的青春差不多就是在黑泽明的片场度过的。

黑泽明为什么要自杀？好莱坞电影《虎！虎！虎！》最初的日方导演是黑泽明，黑泽明也倾力去做，却被炒掉。这件事对他的打击难以估量。之后，黑泽明振作起来，迅速拍了一部《电车狂》，票房又惨遭滑铁卢。

噢，这就要自杀吗？

她立即赶往山王医院，去看望黑泽明。一路上，她都在头脑里排演如何安慰这位"黑泽天皇"，正如电影开拍前，导演和演员在一起讨论这场戏如何演一样。如何安慰他呢？首先，不能哭哭啼啼，那像什么样子，黑泽明不会喜欢的。其次，说点什么呢？说点让黑泽明高兴的事。至于什么事能让黑泽明高兴，她一时半会儿想不出来。也许到病房急中生智，就想起来一件呢。这不重要，重要的是控制好情绪。

病房里只有小泉一个人陪护。黑泽明的肚子和手腕都缠着绷带。他看到小野，声音沙哑地说："啊，小野来啦。"

小野看着黑泽先生，忘了一路上排练的内容，突然失声斥责起来："我不能接受！您以后不要再这么任性了！"眼泪随着话语飞溅出来。

天啊，演砸了，演砸了。她头脑中有一个声音警告她，你怎么把身份搞颠倒了，像大人训小孩一样。你的语气也不对。你是来安慰的，来激励的，不是来指责和训斥的。赶快弥补吧，要不然你就完蛋了。

她拿出预先准备好的圣诞装饰品给他看："圣诞节已经到了。"

黑泽先生竟然没计较她的失礼和不敬，让小泉将圣诞装饰品挂到对面的墙上，让他能时时看到。

多年之后，小野在接受访谈时，讲了这个故事。她说她走出医院时腿都是软的，谢天谢地，黑泽先生没事。否则，世人将看不到《德尔苏·乌扎拉》《影武者》《乱》《梦》等杰作。按照迷信的说法，黑泽先生的寿限未到，他还要再活 27 年，还有很多电影等着他拍呢。

鸡毛店

22 年后，当我坐到她面前，我认出了她。她就是当年我在鸡毛店邂逅的女人。

1988 年春天，我在山西采风，收集民歌，一天晚上住进了长城脚下的鸡毛店。鸡毛店非常简陋，我睡的床只有三条腿，另一条腿是用土坯支的。其他可想而知。好在便宜，住一晚只要 1.2 元。吃饭另算，也不贵。但没什么好吃的，就是家常便饭。我刚住下，就来一个高高大大的女人，背着大行李包，风尘仆仆。她穿着一件醒目的红外套。高鼻子，大眼睛，白皮肤，一看就是老外。她只会说一句汉语：你好。别的就不会了。她说英语。店主夫妇是朴实的农民，哪会英语。我会一点英语，读、写还可以，听、说很差。店主夫妇说我是大学生，求助于我，让我翻译。我赶鸭子上架，只好担任翻译，不过我们之间更多的是比画和猜测。

天色已晚。她要住店。这里只有这一家店，别无选择。她累了，放下行李，要水喝。男店主给她倒了一碗白开水。店钱？我告诉她1.2元。吃饭？5毛。她没说什么。她给了2元钱，店主收下，说正好，早餐是2毛。我没意识到店主算错了，多算了1毛。女老外没说什么，她可能以为多出的1毛是小费吧。

女店主打开一间屋子的门，里面有三张床。女老外把行李放下，一屁股坐到床上，床吱呀叫一声，吓得她跳起来。女店主说不碍事，塌不了。女老外又轻轻坐下，床摇晃。她又试试另两张床，也是一样。

屋子里除了看不出颜色的被褥，什么也没有。女老外比画一个洗脸的动作，女店主说脸盆在院里。院子里有个搪瓷盆，大家共用。女店主将盆子里的水倒掉，从缸里舀两瓢水，示意女老外洗脸。

女老外洗脸的时候，店主夫妇已经在烧火做饭了。趁天色还没完全黑下来，店主夫妇要为我们张罗饭菜。这期间，我们通报了姓名，她的名字很长，她又说得很快，我根本没记住。我又问，她说你就叫我娜娜吧。嗯，娜娜，这个好记。

一会儿工夫，四个菜端上来，分别是油炸花生、炒萝卜丝、炒青菜和炒鸡蛋。主食是馒头和玉米粥。因为人少，我们一起吃。"我们"指的是我、娜娜，加上店主夫妇。

没有电，我们在院子里吃。还有少许天光，不需要点灯。吃着吃着天就黑下来了。娜娜会用筷子。我夸她，她说她来中国已经三个月了。旅游吗？她说不是。那是什么？她说的英语我没听明白。她把两个手掌合到一起，说一个手掌是男人，一个是女人，然后又分开。我还是没明白。其实也不完全是没明白，只是不敢相信罢了。她的意思是来这里与男友分手。

你的男友是中国人吗？

不是。

他是……

德国人。

你呢？

罗马尼亚人。

一个德国人和一个罗马尼亚人千里迢迢跑到中国来分手？我以为自己听错了。要分手也得两个人一起呀，你男友呢？她说在路上。随后，她在地上摆一根棍子，说这是长城，她从东头走，他从西头走，他们到中间会合。

我说，你从山海关出发，你男友从嘉峪关出发，你们在中间会合？

她说是。

然后，我比画个分开的动作。

她看懂了，点点头。

但分开是什么意思呢，分手，还是暂时奔赴不同地方？我说不清楚，她却明白了我的意思，做个一刀两断的动作。

店主夫妇也很感兴趣。他们听不懂，就问我。我说给他们，他们根本不信，以为我翻译错了。哪有这种事，他们笑着说，她又没疯。他们的潜台词是：我们也不傻，你别骗我们。

娜娜问我，你们说什么？

我说他们不相信你说的。

娜娜大笑。

饭后，大家都不急着睡觉。女店主点上油灯，我们在院子里连比画带猜地聊天。店主养有鸡子，鸡子已上笼，偶尔会有声音。虫子觉得夜晚是属于它们的，纷纷出动，比赛着歌唱。蛾子总往灯火上扑。飞蛾扑火，前仆后继。

一顿饭后，我们和娜娜熟了，聊天很放松。因为我英语很差，大部分时候，娜娜说了好多，我只听懂几个单词。我根据自己的猜测翻译给店主夫妇，他们听了就笑。娜娜也笑。看得出来她兴致很高。突然，娜娜沉默了。她在黑暗中看着我，就那样看着，一动不动。

这个画面切换到现在——2010年，纽约现代艺术博物馆——她一袭曳地红裙，坐在那里，一动不动，面前一张桌子，公众可以坐到桌子对面，与她对视。想对视多久就对视多久。沉默。我坐到她对面，看着她明亮的眸子。我想起了1988年的鸡毛店。她呢，她还记得那个萍水相逢的大学生吗？

时间静止了。

她就是玛丽娜·阿布拉莫维奇，一个举世闻名的行为艺术家。22 年前她说的全是真的。她的确是到长城与伴侣分手的。她的伴侣叫乌雷。他们一见钟情，在床上待了整整 10 天。她说："我沉醉在爱意里，说不出话，也动不了。"然后，他们一起浪迹天涯，共同度过了 12 个春秋。来到 1988 年。不爱了，那就分手吧。作为一对行为艺术家情侣，分手也必须是一件作品。于是，阿布拉莫维奇从山海关出发，沿长城向西行走，乌雷从嘉峪关出发，沿长城向东行走。他们用三个月时间走完了万里长城，在山西的二郎山重逢，拥抱，亲吻，挥手作别。从此再没相见。走到此刻——

我从座位上起来，一个胡子花白、满脸沧桑的男人坐到我刚刚坐过的那把椅子上……一直面无表情的阿布拉莫维奇，像一个融化的雪糕，眼泪悄然滑下，她伸出双手，放到桌上，对面的男人也伸出手，他们的手指触碰到一起，再往前，互相抓住，牢牢抓紧……

你们可能已经猜到，这个男人就是乌雷。他们和解了。

展厅中响起热烈的掌声。

好奇怪啊，22 年过去了，阿布拉莫维奇似乎没有什么变化，她像是穿着那件红衣从长城直接走到了纽约的现代艺术博物馆。

不知当年长城脚下的那个鸡毛店还在不在，如果在的话，我很想给那对夫妇讲讲娜娜的故事，她说到长城中间与男友分手是真的，并不是开玩笑，也不是我翻译有误。

坚如磐石

上帝往人间瞥一眼，看到这个在大街上急匆匆行走的人，马上明白了他的处境，喟叹一声：可怜的人啊！

大街上灯火通明。

戏剧散场之前的寂静。

大天使加百列问：他从哪里来，往哪里去？

上帝说：他刚从海马克剧场出来，这会儿要赶往圣詹姆斯剧场。

加百列说：海马克剧场上演的是王尔德的《理想丈夫》，圣詹姆斯剧场上演的是亨利·詹姆斯的《盖伊·多姆维尔》，他要看两场吗？

上帝说：这怎么可能，两个戏同时演出，他没有分身术，怎能看两个戏呢？《理想丈夫》演出很成功，演员正在一次次谢幕。

他不等谢幕结束，匆匆出来，赶往圣詹姆斯剧场，不是为了看《盖伊·多姆维尔》，而是去看谢幕的。

加百列：看谢幕？好奇怪啊……

上帝：知道他是谁吗？他正是《盖伊·多姆维尔》的剧作者，那是他的戏，今天首演……

加百列：这就更奇怪了，他不看自己的话剧首演，却去看王尔德的话剧，他觉得王尔德的话剧好到如此程度吗？

上帝：恰恰相反，他看不上王尔德的话剧，他说王尔德的话剧无论从主题到形式都很幼稚。

加百列：那我就更不明白了，他该有多瞧不上自己的戏，才会做出如此举动……

上帝：加百列，你真是不懂心理学啊！他呕心沥血创作出这部话剧，又挑选伦敦最棒的剧团排练，男女主角也是他亲自选定的。他要一炮打响，震惊整个伦敦。他怎么会瞧不上自己的戏呢?!

加百列：那他为什么不看自己的戏？

上帝：紧张！加百列，他紧张！他不敢看，他怕晕倒在剧场里。

加百列：瞧，他走到圣詹姆斯剧场了。他时间掐得多准啊，真是恰到好处：大幕正徐徐拉上。马上就该谢幕了。

上帝：但愿他没赶上。

加百列：他赶上了……演员和制片人出来谢幕了……观众在高喊：作者！作者！作者！他听到了，瞧他激动得满脸红光……剧作者应该享受这种荣耀时刻，这是他应该得到的……

上帝：快阻止他！

加百列：舞台经理亚历山大看到亨利，向他摇头，意思是不让他上台……

上帝：他应该领会亚历山大的意图。

加百列：他看到亚历山大摇头，但没有理会……凭什么不让我享受这种荣耀时刻？……他冲到舞台中央，去接受喝彩。

上帝扭过头去：好了，别看了，让他去吧。

加百列：……听，那是什么声音？好像不是喝彩声，喝彩声我熟悉，刚才海马克剧场响起的就是喝彩声……哦，真不敢相信，是嘘声，嘘声……好难听的声音啊，不如喝彩声响亮，却更具穿透力，像蜂箱里的声音，不，比那个还难听，哎哟，谁受得了这个……瞧，他傻了，站在那里，呆若木鸡……这会儿，他恨不得舞台裂开一道缝，好让他掉下去。

上帝：好了，别看了，但愿他能够坚强。

亨利·詹姆斯说过，演出结束要请全体演员吃饭，他兑现了承诺。这顿饭吃得没滋没味。回到家后，他立即给兄长威廉写信，叙述自己蒙受的耻辱。最后，他说：别为我担心，我坚如磐石。

少女之死

苏菲·绍尔。

我们应该记住这个名字。

"除耶稣基督和他的直系亲属之外，如果还有算是完美的人，那这个人就是苏菲·绍尔。"克莱夫·詹姆斯在《文化失忆》中这么说。如果你对苏菲的事迹有所了解，你就会明白这并非夸大其词。

苏菲有个哥哥叫汉斯，他创建了一个"白玫瑰抵抗小组"，揭露和抗议纳粹对犹太人的残酷行为，号召人们起来反抗纳粹暴政。

汉斯不让妹妹知道自己在干什么，苏菲了解后，坚决要求加入。"如果被抓，是要杀头的。"汉斯说。但他无法动摇妹妹的决心。苏菲最终成为抵抗小组的一员。

他们散发传单和小册子，鼓动人们奋起反抗。

1942 年，正是纳粹最为猖獗之时。

慕尼黑，则是纳粹发家之地。

盖世太保如何能够容忍这种反抗行为，他们抓住汉斯和苏菲，要杀一儆百。审讯时，苏菲说："最终还是需要有人来开个头。我们只是说出和写出了许多人的想法，他们只不过不敢表达而已。"

汉斯的命运已经决定，他必须死。对于苏菲，盖世太保说："只要你悔过，就留你一条性命。"

这是个选择题：生与死，二选一。

苏菲毫不犹豫地选了死。她不悔过，无过可悔。再说，她还是个孩子，她才 21 岁，如花似玉，天真无邪，而生命就要走到尽头了。

首席刽子手后来做证说，他从没见过任何人像苏菲那么勇敢地面对死亡。苏菲热爱生命，正因为热爱，所以慷慨赴死更显悲壮。她没有恐惧的呻吟，也没有遗憾的叹息。她冷静地看了看明晃晃的钢刀，躺了下去，从容就义。

苏菲是超凡入圣的。记住这个名字，每当想起"崇高"这个词语，头脑中便会有一个生动的形象。

王后之美

美，是一个人独享，还是与人分享？这是个问题。这个问题困扰着一位国王。他的王后太美丽了。美丽，这个词语如果刚刚诞生，他第一次使用，那么用来形容王后是恰当的。可是，这个词语已被许多人使用过，简直用滥了。所以，他说王后美丽，无法传递他所感受到的那种美。美即震撼，非亲眼所见，不能体会。

王后的容颜，众皆可见。可是王后玉体，却只有他一个人看过。王后玉体美妙绝伦，全天下却只有他一人知道，岂不可惜。

他想与人分享。与谁分享呢？自然是最亲近的人。他想到贴身侍卫，这名侍卫知晓他所有的秘密。侍卫也常听他感叹王后玉体之美。他想让侍卫看看王后裸体的样子，那……才是人世间的至美。

国王把想法说给侍卫，侍卫吓坏了，拒绝了国王的建议。可是国王一再坚持，并发誓确保侍卫的安全，甚至下达了命令，侍卫无奈，只好从命。

国王安排侍卫躲到寝宫门后的角落，偷窥王后更衣，一览她的裸体。

王后随国王走进卧室，脱掉衣服，放到椅子上……裸体呈现出来。侍卫看到了王后的裸体！欣赏美，不需要学习。国王所言不虚，王后的身体美得无法形容。侍卫差不多快要窒息了。这个瞬间，美的瞬间，将成为历史的拐点。侍卫尽管震惊于王后裸体炫目的美，但他没忘记他应该在王后背朝他时溜走。他是这样做的。但由于紧张、慌乱，或者捉弄人的偶然性，他被王后看到了。王后立即明白发生了什么事。王后由于害羞，没有叫出声来，装作什么都没看到的样子。

裸体被人看到是奇耻大辱。王后一夜未眠，心里盘算着如何进行报复。第二天，她将侍卫叫到跟前，告诉他，摆在他面前有两条路可供选择：一是杀死国王，他来当国王，并娶王后为妻；二是他马上自杀谢罪。生死攸关。当国王娶王后，或者死亡，二选一。

侍卫选择了前者。

夜晚，王后将侍卫引入寝宫，交给他一把匕首，让他还藏身于他偷窥时藏身的那个门后角落。当国王熟睡时，侍卫杀死了对他无比信任让他欣赏世上罕有之美的国王。然后，侍卫当上了国王，并娶了王后。

这个故事，见于希罗多德的《历史》。国王因为在睡梦中被杀，他到死都不明白他的杀身之祸来自何处。如果，他正在做梦，那会是一个什么样的梦呢？会是他和侍卫在讨论王后的裸体之美吗？

国王生错了时代，他早生了 2700 年，如果生在今天，他可以让王后上《花花公子》封面，请顶级摄影师为王后拍写真，让王后成为模特或电影明星，王后的美将为世界人民所欣赏。国王，也会是个开明君主吧。

陀螺之夜

二月十日，我来到奥克尼群岛最西北角的帕佩岛，参加名为"帕佩陀螺之夜"的当代艺术节。

我拍了一部实验电影，名为《走失声音的夜行者》，是根据赵兰振的同名小说改编的。这个电影我只花了 6.5 万元人民币。因为拍摄手法大胆，没有地方愿意放映。听说陀螺之夜艺术节，我就赶来了。

帕佩岛有机场。可能是世界上最小的机场吧，就是一小块平地加一个棚子。飞机是八座的直升机。我从苏格兰先飞主岛，再从主岛坐这种小飞机飞帕佩。艺术节期间从主岛到帕佩增加了很多航班。我坐这趟飞机满员，八个人紧紧挤在一起。我旁边是个高个儿女子。她烫了个大爆炸头，染成酒红色，非常醒目。她的头发挨着我的耳朵和脖子，痒痒的。她个性飞扬，和飞行员很熟，说话嗓门也高。她猜我是第一次来。我说是的。她主动和我握手，欢迎欢迎。好像她是主人。她自豪地向我介绍岛上的古迹，说有两幢石屋是新石器时代遗址，距今五千年了，是西欧现存最古老的住宅。

因为航程太短，刚说几句话，飞机就落地了。

这个季节帕佩岛冷得要命。如果不是艺术节，没有人会来这里。帕佩岛的全名是帕帕韦斯特雷岛，形状狭长，南北长约四英里，东西宽约一英里，有常住居民 72 人。据说曾经有数百居民，大部分都陆续迁走了。空屋很多，都改造成了小旅馆。艺术节时全部爆满。我提前两个月就预订了房间。

她说她叫佩佩，如果我要去看古迹，她可以带我去。她又补充说，古迹在霍沃尔小山，距离机场很近，走着就可以去。我说行李怎么办。她笑了，说这里没有小偷。她招呼来接机的小伙子，让他把我的行李送到我预订的旅馆。

岛上的房屋墙壁全是绿色的。佩佩告诉我，有一年一大堆油漆桶被冲上岸，居民就用这批油漆刷了墙。那批油漆是绿色的。

古迹其实没什么好看的，就是两个不大的石头屋，屋顶早没了。佩佩说别看这么不起眼，这可比金字塔都要古老。站在霍沃尔小山上，能听到浪涛拍岸的声音。山上海拔虽然只有几十米，风却很大。

下山后，一辆车停下来，问我们是否搭便车。佩佩谢绝了。

她说我们要走一走。我只好随她。这么冷的天，两个人边走边聊。天地间只有两个人。这是下午，我知道这里三点多天就黑了。我担心天黑前能不能回去。她说没问题。

她给我说起"超级幻景""热翻转"，我听得迷迷糊糊。她举个例子，说她有一次看到北罗纳德赛岛，竟是倒过来的，房子、灯塔、人，都是头朝下，足足有一刻钟。又说，她曾看到了挪威。这里距离挪威450公里，怎么可能。我告诉她，汉语中有个词叫海市蜃楼。她看到的是海市蜃楼。

她问我带来的是什么作品。我说一个电影。她很想知道电影故事。我说会放映的，等放映时我请你去看。她问什么主题。我说爱情，一个男青年从外地回来，没赶上末班车，走夜路回家与恋人相会的故事。电影采用的是"西格玛95"拍摄手法，即尽量减少人工痕迹，夜晚是真的夜晚，黑是真的黑，我拍的时候，选择一个漆黑的夜晚沿着主人公的路线行走了一趟，一切声音都来自现实。影片中的光线来自主人公的烟头，还有几次火柴的光亮，其他，只有萤火虫的光。影片重要的表现手段是声音。脚步声。虫鸣声。风声。玉米叶沙沙响声。夜行动物倏地跑走的瞬间。受惊的野鸡扑棱翅膀飞过头顶的声音。别的脚步声，却看不到人。是鬼吗？青年为了给自己壮胆，就大声唱歌。另外的脚步声消失了。他突然撞到一个巨大的东西，哐当一声，晕了过去。过一会儿，他爬起来，划根火柴，发现路中间横着一个棺材。横死的人停尸在这里。他再想唱歌，发不出声音了……

天黑了。

前面有篝火。佩佩说篝火是活动的一部分，参加艺术节的人都手持火炬从商店走到旧码头，把火炬投入篝火中。我们去看篝火，绕着篝火手拉手跳舞。我偶一抬头，看到星星出来了，满天璀璨的星星像一颗颗亮晶晶的宝石。我提议到海边走走。路过北威克海湾时，佩佩给我讲了一个本地的传说故事。

她说，在这里，海豹叫塞尔吉，月圆之夜，塞尔吉会脱去海豹皮，变成一丝不挂的美人，在沙滩上翩翩起舞。一旦海豹皮被偷，这个塞尔吉就变不回原形了。男人如果迷恋上某个塞尔吉，可以偷偷藏起她的海豹皮……这个塞尔吉变不回原形，就会乖乖跟男人回家当老婆。

到玫瑰山庄时，佩佩说她住这里。她邀请我进去烤火。外面冷得要死。这时候，我还不知道我住哪里。

佩佩生了火，我们围着火炉继续聊天。她说她做了个系列作品，名字叫《岛屿生活的三十三份感性报告》，录的是岛上的各种声音。她问我有兴趣吗。我说当然。都放在网上，她说。她拿过笔记本电脑，打开网页，让我听。有惊涛拍岸的声音，有灰雁鸣叫的声音，有风吹过古老石屋的声音，有海豹上岸的声音，有篝火燃烧的声音，有树枝折断的声音，有暴雨抽打房屋的声音，有汽笛的声音，有飞机的声音……单单是声音就蛮有诗意的。从某方面来说，与我的电影异曲同工。我不知道我的电影放映时会是什么效果。佩佩说这里的人什么无聊的电影都能看下去。我哈哈一笑。佩佩说，我不是说你的电影无聊，不要误会。她站起来，从我身旁经过时，手从我的肩膀上划过……我抓住她的手，她停下来，抚摸我的头……我们不再说话，心跳得很快，呼吸也不自然了……

哦，这个陀螺之夜啊！

"福尔摩斯" 来到天堂庄园

到弗洛蕾娜岛的都是"福尔摩斯"。他们为一个共同的谜案而来。我呢，是个例外，我是被马洛忽悠来的。他说："我当福尔摩斯，你跟着我，权当旅游，那里风景如画，能够大饱眼福。"

弗洛蕾娜岛在太平洋靠近中美洲的地方，是加拉帕戈斯群岛中的一座。岛屿形状就像一坨踩扁的屎。面积不大，东西、南北差不多，都是二十多公里的样子。

风景嘛，说得过去，但绝达不到让人惊艳的程度。不过，说实话，这里的沙滩极其美丽，被开辟成天体浴场，不少游客回到原始人状态，一丝不挂地在水中嬉戏。

我们一行中至少有十二名福尔摩斯，他们专为推理而来。马洛是其中一分子。他说活动结束，会进行评比，拔得头筹的会得到一份神秘奖品。

活动组织者，是一个金发美女，她兼做导游，叫埃娃。

登岛前她给我们讲了一个长长的故事，当然与案子有关。我把她讲的内容简要地概括如下：

先登场的是朵蕾，她是一名中学教师。接着登场的是里特，一名柏林牙医。二人一见如故，对现代生活的厌倦让他们走到了一起。他们离开各自的配偶，要到蛮荒之地开启新生活。于是，他们选中了这个岛屿。他们是这个岛屿的最初居民。他们搭起一个简易棚屋，开垦一片土地，就过起了世外桃源的生活。他们不穿衣服，是岛上的亚当和夏娃。这是 1929 年，也就是世界经济危机大爆发那一年。

三年后，一个雄心勃勃的奥地利女人来到岛上。她自称是女伯爵。这让我想起基督山伯爵。当然，她不是基督山伯爵，她是一个暴君。她说要在岛上建一个豪华旅馆，专门招待百万富翁。她带来了母牛、驴子、母鸡、水泥，此外，还带来了两位情人：文静男孩洛伦佐和大块头肌肉男菲利普森。

女伯爵还有两样东西：皮鞭和左轮手枪。她凭借这两样东西，成为女王，统治着这座岛屿。她将岛上居民做了分工，朵蕾和里特作为臣民负责耕种，菲利普森作为奴隶负责打猎，洛伦佐作为仆人负责伺候她的饮食起居。

女伯爵的豪华旅馆最后建成了这个样子：四根木桩撑起一块帐篷布。旅馆没有用于接待百万富翁，因为岛上没有百万富翁，也没有百万富翁来这里旅游。这个帐篷成了女伯爵的王宫。她称之为天堂庄园。

两年后，女伯爵、洛伦佐和菲利普森失踪了，后来洛伦佐在毗邻岛屿的沙滩上被发现，而这时他已变成一具骨架。里特医生死于食物中毒。岛上只剩下朵蕾一个人，她痛失爱人，忍受不了孤独，便独自一人回到了柏林。

问题来了：岛上发生了什么事？如果有凶案，那么凶手是谁？

登岛后，埃娃领着我们参观了里特和朵蕾的棚屋，还有女伯爵的天堂庄园。据说都是后来复原的。棚屋外有里特和朵蕾的耕作塑像。天堂庄园外有女伯爵、洛伦佐和菲利普森的塑像，洛伦佐四肢着地趴在那里，女伯爵坐在他的背上，一手握左轮手枪，一手挥舞皮鞭，正在教训跪在旁边的大块头菲利普森。

情况就是这么个情况，场景就是这么个场景，埃娃要求每个福尔摩斯写下自己的推理。

我虽然不参与，但也在头脑里做着想象和推理。

马洛朝最近的岛张望，那个岛离这里有段距离，很难想象一个人能游过去。"洛伦佐为什么会死在那里？"马洛说，"他死在沙滩上，应该是死后被冲到那里的。那么，他是怎么死的呢？谁杀了他？"

我说："你别看我，我哪里知道。"

他又皱起眉头。

我想了一会儿，想得头疼，我说我不想了，我要去走走看看。马洛沉浸在他的推理中，没有理我。

我沿着海边溜达。浩瀚的太平洋看上去极其单调，我在想当初那五个人每天面对的就是这样的风景。"……望尽天涯路。欲寄彩笺兼尺素，山长水阔知何处？"（晏殊）他们会发疯吗？跳出惯常思维，另辟蹊径，看看会怎样。

这是剧本杀绝好的题材，有死人，需推理。剧本杀的好处是每个人都是主角，一个故事你要从每个人的角度讲一遍。比如这个故事，就需要讲五遍或六遍，第六遍是站在上帝的角度讲的。

朵蕾的故事：

> 她放弃教职，追求浪漫，与里特在这里过着与世无争的日子。突然来了几个人，压迫她，是可忍孰不可忍，必须反抗。她和里特一起寻找机会。她分别勾引菲利普森和洛伦佐，鼓动他们反抗女伯爵……菲利普森向女伯爵出卖了她，她受到惩罚，被囚禁起来……洛伦佐偷了女伯爵的手枪，逼女伯爵释放她……女伯爵花言巧语，卸下洛伦佐的武装……女伯爵正要杀她和洛伦佐时，被里特袭击，丧了性命。菲利普森和里特争夺手枪，枪走火打死了菲利普森。他们将女伯爵和菲利普森的尸体在海滩上火化，然后将骨灰撒到太平洋里。

夜里，洛伦佐失踪了。接着里特中毒身亡。

里特的计划：

他为背叛朵蕾而懊悔。他竟然屈从女伯爵的淫威，爬上了女伯爵的床。这激起了菲利普森和洛伦佐的嫉妒，他们联手要除掉他。为了自保，他必须先下手为强。他让朵蕾勾引二人，挑拨离间，为他制造可乘之机。事情没有按照他的计划发展，朵蕾突然陷入危险之中，他必须冒险相救。于是，他用一根自制的长矛刺死女伯爵，然后又杀了菲利普森。他与朵蕾商量要杀死洛伦佐，可是洛伦佐已经失踪。他没想到自己会中毒，到死的时候，他也不知道是谁给他下的毒。

菲利普森的美梦：

他从不把洛伦佐放在眼里。洛伦佐只是一个仆人，女伯爵对他一点也不好，经常用皮鞭抽他，甚至向他开枪。当然，她不能把他打死。洛伦佐死了，谁伺候她呢？菲利普森把朵蕾弄到了手。岛上两个女人，都是他的。他要做的是除掉里特。里特，别看他老实、顺从，他的眼睛出卖了他。他是个危险人物，必须除掉。没了里特，这个岛上他就是最强者。他会做王，让女伯爵做王后，朵蕾做妃子。洛伦佐继续做仆人。一仆三主。女伯爵死掉，大大出乎他的意料。更出乎他意料的是，他最终死在里特手上。真是个危险的男人，我没看错。

洛伦佐的姿态：

他把自己的姿态放得很低，奴隶，仆人，都无所谓。只要能和女伯爵在一起，让他做什么都行。他愿意伺候女伯爵。大块头是个笨蛋。他以为他很强，其实不然。他与朵蕾发生关系。他获得了自信。他从低处观察人，知晓他们的弱点。他们都会犯错，他不会。他坚信这一点。他会因势利导。女人觉得性是俘获男人的手段。男人觉得性是征服女人的手段。他觉得他征服了女伯爵和朵蕾。他没想到朵蕾会和里特一起想要杀死他。识时务者为俊杰，先离开这里再说。走前，他给他们的食物里下了毒，几天后，他凯旋，这个岛就是他的了。

女伯爵的自白：

很久以前我就已是幽灵，我在这里飘荡了百年之久，当你们以为你们了解我时，我会发出笑声。哈哈。我不后悔我来到这里，我是这里的王。我不是靠手枪统治，我是靠大地之门来统治。我洞悉男人的欲望。他们争风吃醋，为的是获得我的青睐。洛伦佐和菲利普森已拜倒在我的石榴裙下，心甘情愿做我的奴隶。里特，这个沉默寡言的男人，我也必须征服。没有男人能抗拒我的诱惑。里特也不例外。现在，就剩朵蕾这个贱货了，她是一个潜在竞争者。她是女人。她会去诱惑男人。要除掉她吗？不，给生活留点调料吧。我只是想要游戏，真人的、残酷的游戏，我没想杀人。我承认一切都失控了，结局大家都死翘翘，只有那个最该死的女人活了下来。

我很快折回去，找到马洛，给他讲我的构思。

马洛说："你的想象和推理太常规了，不行，看我的。"

"好吧，你行，你来。"我内心不服，看他能说出什么花儿来。

马洛说：

"事情是这样的，他们五个人在岛上待的时间太久，一个个精神失常，先后跳海自杀。女伯爵和菲利普森自杀成功，沉入大洋，被鱼吃了。洛伦佐也成功了，尸体被冲到相邻的岛上。里特没成功，改为服毒自杀。朵蕾是怎么活下来的？原来她跳到乌龟背上，乌龟把她驮上岸，对她说：'女士，生命可贵啊，不要想不开。'于是她不再寻短见了。事情就是这样，简单明了。"

"啊呀，原来如此，"我说，"真是脑洞大开，我怎么没想到乌龟呢……你一定会获得推理大奖的。"

事实上，马洛只获得了一个鼓励奖。获大奖的是一位女士。

她的推理是这样的：

"女伯爵和菲利普森是被外星人掳走的，洛伦佐是外星人的实验品，实验完就把他扔出飞船。至于里特，外星人请他看过牙，把他放了回来。临别，给他一包毒药。他不知道那是什么东西，很好奇，舔一下。就这一下，要了他的老命。朵蕾，外星人没发现，捡了一条命。她知道照实说，不会有人相信，于是就没提外星人。"

还有一些推理，也同样精彩，限于篇幅，我就不一一陈述了。

文章已经够长了，就此打住。如果读者朋友对这个谜案感兴趣，不妨自己做一回福尔摩斯，来一番推理，你的推理也许更接近实际情况。

走，看赫尔佐格吃鞋去！

到了伯克利，马洛说要带我去个地方。

"哪里?"

"巴尼斯餐厅。"

他开一辆越野车，风驰电掣。

"那里有什么?"

"鞋，"马洛说，"我们去看赫尔佐格吃鞋。"

"什么?"我没听明白，"我以为你说去看赫尔佐格吃鞋。"

"没错，我说的是去看赫尔佐格吃鞋。"

我以为他开玩笑，赫尔佐格是大导演，哪儿那么容易见到。再说，马洛是新晋导演，只拍过一部片子，还没上映，也攀不上赫尔佐格啊。

"吃什么鞋?"我说。

"当然是吃他自己的鞋。"

"他为什么要吃自己的鞋？"

"说来话长。"马洛开始给我讲故事，"20世纪70年代，赫尔佐格在伯克利认识一个读研究生的，叫艾罗尔·莫里斯，他们都是电影资料馆的常客，一来二去成了朋友。莫里斯想当导演，他想拍一部关于连环杀手的电影。可是，苦于没钱。赫尔佐格听他叨叨得烦了，对他说：'伙计，对于拍电影这件事来说，钱不重要，重要的是信念。'你听听，'信念，'赫尔佐格说，'信念才是决定因素。别再抱怨制片人如何如何愚蠢了，抱怨是没用的，抱怨永远帮不到你。''那怎么办？''简单，从明天开始，你买一卷胶片，拍起来！'赫尔佐格豁出去了，继续激励说，'哪天你把电影拍出来，让我看到，我就把我今天穿的鞋子吃掉。'莫里斯不知是听进去了，还是受到了刺激，总之，他就这么干起来了。你猜怎么着，他居然干成了。不过，他拍的不是杀手电影，是纪录片，关于宠物墓地的，叫《天堂之门》，真的很棒。"

"为此，赫尔佐格要吃鞋？"

"是啊，"马洛说，"赫尔佐格这个人，如果你了解的话，你就会知道，他言出必行，决不会食言。比如，他拍的电影中有要求演员吃蛆的镜头，他对演员说：'我也会吃一点点。'当然，演员没让他吃。他要求演员减重二三十公斤，他说他会陪着他，自己也减去那一半的重量，结果，演员减重27公斤，他减重13.5

公斤。他就是这么个人。所以，他去秘鲁筹拍《陆上行舟》前，特意在这里停留一下，到巴斯克餐厅去吃鞋。"

"什么样的鞋?"

"就是他当初做出承诺时穿的那双鞋。那双鞋还在。他大概是特意留着，以备将来吃它。他来之前，穿上这双鞋，'其乐'牌中帮沙漠靴。"马洛说，"这就是赫尔佐格!"

"他真把鞋吃了?"

"当然，一会儿你就能看到。有人把吃鞋的情景录了下来，制成纪录片。那家餐厅大概是买了版权，经常在大厅里播放，以此招揽顾客。"

没多大一会儿，我们就在餐厅里看到赫尔佐格炖鞋、吃鞋的全过程。为了美味，赫尔佐格在鞋里加了红洋葱、蒜和迷迭香。鞋，即使炖熟，也很结实，不好咬碎。他不得不用厨房里的剪刀将鞋剪成一小片一小片，和着啤酒吞下去。当时，有上百人见证赫尔佐格吃鞋。

"既然来到这里，我们就不能错过这里的大餐。"马洛说。

他叫来服务员，点了一份"赫尔佐格吃鞋"。

"这是一道菜吗?"

"是。"马洛说，"只是菜名太怪，是一个陈述句。"

"我们也有这样的菜名，比如佛跳墙，也是陈述句。"

"'赫尔佐格吃鞋'独此一家，别的地方吃不到。"

等菜的时候，马洛说："偶尔换换口味也没什么不好，这是赫尔佐格的观点。"

热气腾腾的"赫尔佐格吃鞋"端上来。"鞋"很逼真。此"鞋"与赫尔佐格之鞋，虽然同样来自牛，但味道应该不一样吧。

我们动刀叉，切下来一块，放口中，慢慢咀嚼，非常美味。

"鞋"中还有配菜，也很好吃。

我往别的桌上扫一眼，大都点了这道菜。尽管灯光昏暗，看不清别的菜肴，但桌上的"赫尔佐格吃鞋"，还是一眼就能认出。

吃饭中间，马洛透露，他之所以拍电影，完全和莫里斯一样，是受了赫尔佐格的激励。赫尔佐格吃鞋，就是要激励年轻人。否则，这是一件多么荒唐的事啊。

"我们来此吃这道菜，就是向赫尔佐格致敬。"马洛说，"让我们为赫尔佐格干一杯吧。"

我们举杯，遥祝赫尔佐格健康长寿。

谷川说：我的狗死了

我在东京吉祥寺吉卜力美术馆门口的长椅上小憩时，一个矮个子秃老头儿在我身旁坐下来。他说："我的狗死了。"

我看看周围没别人，判断他是在自言自语。

他又说："我的狗死了。"

这次我弄明白了，他是在和我说话。

"嗯。"我回应了一声。我也养有狗，一只柯基，出国之前，我特意将狗交给朋友照看。朋友发来视频，说狗狗抑郁了。狗狗趴在朋友家门口若有所待的样子看着让人心酸。

"它是老死的，"他说，"它知道它要死了，不知怎的，它跑到荆棘丛中，死在那里。它的腿被荆棘缠住，我费了好大劲儿才把它弄出来。"

"你一定很难受吧?"

"不，"他说，"人如果也能像狗一样老老实实迎接死亡就好了。"

"人和狗终究是不一样的。"

"是啊，人总想凸显自己的价值。狗不会这样，死就是死，它明白，并坦然接受。"

他说得有道理，我想，人的确是把死弄得复杂了。尘归尘，土归土，这是自然现象，所有生命概莫能外。

"万一我患上癌症的话，我希望医生告诉我还剩下多长时间，我好做准备。"接着他补充说，"其实也没什么好准备的，我已将墓地买好了，在镰仓的一个寺院里。"

他谈论起死亡来就像是谈论天气一样自然。

换个话题吧，我心里说。他果然换了话题。他说他家今年添了小宝宝，春天越来越有暖意了。我看着他，向他表示恭喜。他说：

"不是我的孩子，是我孩子的孩子。"

他笑了。我也笑了。

老头儿走了之后，翻译凑过来神神秘秘地说："你知道那老头儿是谁吗?"

我说不知道。

他说："谷川啊，谷川俊太郎，《二十亿光年的孤独》。"然后他给我背谷川的《活着》：

> 让我活着
>
> 六月的百合花让我活着
>
> 死鱼让我活着
>
> 被雨水淋湿的小狗
>
> 还有那天的晚霞让我活着
>
> 让我活着
>
> 不能忘却的记忆让我活着
>
> 死神让我活着
>
> 让我活着
>
> 突然回望的那张脸让我活着
>
> …………

好奇怪啊，我和谷川先生谈论的是死亡，他背的却是"活着"。其实也不奇怪，活着和死亡是一个统一体，如同一枚硬币的正反面，相辅相成，不可分割。

看着谷川离去的背影，我想起谷川的几句诗，不觉莞尔。这几句诗是《二十亿光年的孤独》中的，如下：

> 人类在小小的球体上

睡觉起床然后劳动

偶尔想在火星上寻找伙伴

…………

我不是一个凡·高!

在阿尔,突然看到凡·高从麦田里走来,手捂着肚子……他的衣服上有血迹……他走路踉踉跄跄,好像随时都会摔倒……我感到很震惊。

这是对凡·高之死的演绎吗?凡·高从游客中间穿过,没有人伸出援手。不是游客冷漠,不,完全不是这样。游客之所以到这里来旅游,都是冲着凡·高。可以说大家都热爱凡·高。凡·高简单的墓地每天都有人献花。他兄弟提奥的墓在旁边。献花的人总是不忘给提奥也献上鲜花。人们怎么会冷漠呢,只是感到不可思议。

是拍电影吗?没有导演、摄像、化装、剧务等一干人跟着,不会是拍电影。再说了,拍电影怎么会让我们一大群游客也进入片场,不怕穿帮吗?那么,这是怎么回事呢?凡·高,大家都认识。来这儿旅游的人，谁没看过凡·高的自画像。商店橱窗里的宣传画、明信片、图书封面，等等，到处都是凡·高，你想不看都不行。凡·高的形象很特别，尤其是他割了耳朵之后，头上包着纱布。世上没有第二个这样的形象。

是情景演绎或情景再现吗？许多地方都搞这一套，作为招揽旅客的噱头。一般都是一场小型演出。充当演员的基本上都是本地人——农民或工人，工作之余参与一下，一则挣个小钱，一则过把演出瘾。但单独一个人演出，我还是第一次见到。或者，这是一个疯子，出于爱好，自己在模仿凡·高之死……

他，凡·高，朝我走过来了。我要扶他一把吗？当你处于这样一种荒诞的境地时，你会陷入思维的真空。我习惯于在书本中认识凡·高。当他走入现实世界，我震惊、质疑、诧异、喜悦、愕然……，难以说清是什么样的思绪。他过于逼真，令我不得不相信他就是凡·高。瞧，他的尖下巴、高颧骨，还有那一双鹰隼一般的眼，眼神中有精神病患者特有的执着……哦，不会错，他就是凡·高！

当我画一个太阳，我希望人们感觉它在以惊人的速度旋转，正在发出骇人的光热巨浪。

当我画一片麦田，我希望人们感觉到原子正朝着它们最后的成熟和绽放努力。

当我画一个男人，我就要画出他饱经沧桑的一生。

一个人决不能让自己心灵里的火熄灭，而是要让它不断地燃烧。

凡·高啊，他的话语在我头脑里回荡……我曾做过笔记，记下他的话，以激励自己。像一首诗里写的："我的瘦哥哥呀……"他是一代人的瘦哥哥，当你这样念叨时，你会柔肠寸断……

他朝我走过来，走过来，近了，近了……我想拥抱他，如果他允许的话。我没有躲避，凡·高也没躲避，他仍然走过去了。我很诧异。他是一个三维影像吗？或者，我是一个三维影像？

我完全愣怔了。

我在想，如何解释这件事呢，是我出现幻觉了吗？我看看周围，还有其他游客，瞧，他们的表情，显然他们也看到了凡·高。

爱因斯坦的玫瑰

在苏黎世游览山景后，要乘坐缆车时，女导游说："在缆车下面的站台上，摆放有两种颜色的玫瑰花：红色和白色。当年爱因斯坦曾在站台上手持一朵玫瑰花迎接两位著名的物理学家和夫人。你们可以选择一朵玫瑰花，如果颜色和当年爱因斯坦手中的玫瑰花颜色一致，这朵玫瑰花就送给你作为纪念；选错的，玫瑰花要放回原处。"

"爱因斯坦只拿一朵玫瑰花吗?"一个男游客问道。

"只拿一朵。"女导游说。

"爱因斯坦真是个小抠。"一个女游客说。

"嗯，"女导游笑笑，说，"这是节俭，节俭是一种美德。"

一个小小的游戏，我喜欢。

一朵玫瑰，与爱因斯坦发生联系，哦，那就不一样了。在缆车上，我猜想，爱因斯坦喜欢什么颜色的玫瑰呢？我知道爱因斯坦喜欢拉小提琴，可这是玫瑰，不是小提琴。好吧，二选一，选对的概率是50%。没什么难的，我已打定主意。

下缆车之后，果然站台上摆有两筐玫瑰，一筐红玫瑰，一筐白玫瑰。红玫瑰的筐里只剩下半筐，白玫瑰的筐里几乎是满的。

我按自己的心意选了一朵玫瑰。

我们旅行团的所有成员都做出了自己的选择。

该揭晓答案了。

女导游说："在揭晓答案前，我先给你们讲个故事吧。"

下面的故事就是女导游讲的。

1913年夏天，两位大名鼎鼎的物理学家——普朗克和能斯特坐火车来到苏黎世。他们的任务只有一个，那就是请爱因斯坦到柏林去任职。这个职位是专为爱因斯坦设置的。具体干什么？什么也不用干，你只管踏踏实实在这里搞你的研究，不用打卡，不用上班，不用承担教学任务。薪水嘛，不用担心，有，而且是柏林所有教授中最高的，年薪1.2万德国马克。

"噢，是吗？"

"当然，"普朗克说，"你信不过我们吗？"

爱因斯坦说他不是这个意思，他只是觉得柏林的气氛有些沉闷。

两位大咖亲自出马，提供的职位不可谓不诱人，如果是一般人，早就接受了，可是爱因斯坦毕竟是爱因斯坦，不是一般人。他在迟疑。他既没答应，也没拒绝，而是让二位在苏黎世游玩，放松一下。既来之则安之。看看苏黎世的美景，不枉此行。

二位大咖说他们可不是来看美景的，他们希望爱因斯坦给他们一个爽快的答复。

爱因斯坦让他们去游览山景，然后坐缆车下山，他会在缆车站台上迎接他们。

他说："我手里会拿一朵花。如果是红玫瑰，答案是：接受。如果是白玫瑰，答案就是：拒绝。"

普朗克和能斯特两对夫妇忐忑不安地去游览山景。他们哪有心思看风景，心中嘀咕：爱因斯坦是在玩浪漫呢，还是在玩委婉？女士们却很开心。有机会游玩，也算不虚此行。

一行四人游览后，按爱因斯坦安排的，坐缆车下山……

讲到这里，女导游说："你们猜一猜，爱因斯坦会拿什么样的玫瑰迎接他们？"

"红玫瑰，红玫瑰。"大家异口同声地说。

"哈哈，"女导游说，"看来你们替爱因斯坦做了选择。嗯，看你们手中的玫瑰，我就知道你们都能做爱因斯坦。"

大家都选了红玫瑰。

这朵红玫瑰我制成干花，漂洋过海带回国……

现在，它变成了我最喜欢的书签。

4分33秒，沉默的祈祷

在纽约，马洛带我来到一个谷仓改造的音乐厅。我们穿得一本正经，以示对音乐的尊重。

据说空调坏了，谷仓里有些热。六月份，通常这个时候是要开空调的。谷仓十分高大，使音乐的旋律有向上的空间。谷仓上空突然飞过一只蝙蝠。我很吃惊。但其他人似乎见怪不怪，或者根本没注意到这只夜鸟。舞台上临时放置一个巨大的黑色电扇，呼呼呼地向大厅里送风。

马洛是我多年的好友，我们一起走过许多地方。他总是带我去一些意想不到的地方，有时我认为他纯粹是恶作剧。今天这个音乐会我隐隐觉得有些不靠谱。可是，哪里不靠谱，我也说不上来。

看节目单。第一个节目是《四分三十三秒》，演奏：钢琴家鲁宾。我知道这是约翰·凯奇创作的一部实验作品。哦，约翰·凯奇！这是我喜欢的音乐家，他写有一本美妙的书，叫《沉默》，阐述他的音乐思想和哲学见解。他本质上是个诗人——先锋诗人。那本书的排版很别致，别出心裁。阅读加沉默。感受空和无。他喜欢禅宗。禅是一枝花，在他的书中自由开放。我知道《四分三十三秒》。据说是受劳森伯格一幅画作的启发而创作的。那幅画，只有白色，除了白色再无其他颜色。你走近，盯着看，还是只能看到白色——单调的白色。《四分三十三秒》也没有任何音符。奇妙或者玄奥的是，这部没有任何音符的作品竟然包含三个部分。如何划分的呢，我一直没弄明白。

知道这部作品，和坐在谷仓里聆听这部作品，完全是两回事。二者不可同日而语。好了，马上就要开始了，广播提示要大家将手机关机或设置为静音，不要随意走动，更不要说话。巨大的黑色风扇也关了，扇叶惯性地旋转着，很快也安静下来。

马上感觉到热。

一架钢琴被放到舞台中央。观众席上的灯渐渐熄灭。舞台顶上投射下一束圆形的光，打在钢琴上，钢琴表面锃亮的黑漆折射着光线。一个落地麦克风正对着钢琴。

身着燕尾服、打着领结的钢琴家鲁宾走上台，调整一下凳子，撩开"燕尾"，端端正正坐下，挺直腰板。

钢琴家打开琴盖，手悬在琴键上，却并不敲击琴键。就那样静止不动。我知道《四分三十三秒》已经开始了。

第一乐章。我听到衣服的窸窣声，手表指针的沙沙声，脚与地面的摩擦声，咳嗽声，节目单扇风的声音，蝙蝠的笑，遥远的蝉鸣，青蛙的叫声，哨声，鱼跃出水面的声音，哈雷摩托车在街道上飞驰而过的声音，警报声，钟声……我不能确定哪些是现场声，哪些来自幻听或臆想。钢琴家合上琴盖。三十三秒。

钢琴家又打开琴盖，静止不动。第二乐章开始了。我听到救护车的声音，听到哭声。寂静。我又听到飞机轰鸣声，炮弹呼啸声，爆炸声。寂静。我又听到坦克履带碾轧路面的声音，房屋倒塌声，电磁的吱吱声。寂静。我又听到火的毕毕剥剥声，猫头鹰的叫声，婴儿啼哭声。寂静。寂静。寂静。钢琴家合上琴盖。两分四十秒。

钢琴家又打开琴盖，一动不动。第三乐章开始了。我听到寂静。寂静。寂静。眼泪滑落的声音。空气颤抖的声音。寂静。叹息声。静电的声音。气球吹爆的声音。寂静。麦子成熟时微风吹过的声音。寂静。窃窃私语声。敲击键盘的噼里啪啦声。寂静。钢琴家合上琴盖。一分二十秒。

钢琴家站起来向观众鞠躬，演出完毕。巨大的黑色风扇又打开，扇叶呼呼转动，凉风习习而来。

观众在一阵难耐的沉默后，突然爆发出雷鸣般的掌声。每个人都站起来鼓掌。我和马洛也站起来鼓掌。我的手都拍疼了。哦，多么独特的体验啊！我怎么会听到那么多声音呢，甚至听到了地球另一面的声音。我想每个人听到的《四分三十三秒》都不一样吧。这就是它的魅力。它要求灵敏的听觉。它唤醒内在的耳朵、心的耳朵。我们每个毛孔都浸透了这寂静的音乐。作者将之命名为《沉默的祈祷》。此刻，乌克兰正在打仗，让我们为乌克兰受苦受难的人民祈祷吧。

历史性的偶遇

毕加索路过斯泰因住所。他要进去喝一杯，放松放松。斯泰因这里是艺术家、诗人和作家聚集之地。

他看到亨利·马蒂斯。在艺术上能让他嫉妒的，只有马蒂斯。他与马蒂斯暗中较劲，竞争"最伟大的艺术家"这一称号。

"嘿——"他冲马蒂斯打招呼。

马蒂斯心不在焉地回应了一下。

"干吗那么紧张，亨利?"毕加索调侃道。

"没有……没……没紧张。"马蒂斯说。

他看上去可不是这样。他的神思仿佛在另一个世界。他在想什么呢? 来这里应该就是喝一杯，聊会儿天，吹吹牛，或者说说八卦，哈哈一笑，没必要把自己弄得像个思想家似的。

瞧，他的手，紧紧攥着衣襟，还说不紧张……不应该呀，这位大师总是泰然自若，他何曾紧张过，再说了，有什么能让他紧张呢？

他的衣服下面有东西。

那是什么？

他为什么秘不示人？

他也许在想他该走了，他没有与你交谈的兴致。是你叫他紧张吗？不……也许，不，双重的否定等于肯定。不能让他走了。你一定要知晓秘密。毕加索向他发问：

"你手里拿的是什么？"

"没什么……真的，没什么……什么也不是……"

"真的吗？"

"嗯，是，真的……算不上什么，只是……只是一个小玩意儿……"

"小玩意儿？"

"嗯，小玩意儿，一个傻乎乎的非洲木雕。"

"让我看看。"

毕加索伸手索要，马蒂斯犹豫一下，把东西递给毕加索。毕加索一下子惊呆了，世上还有这样的东西？多么自由，多么夸张，多么有力，仿佛有灵魂住在其中……

"你在哪里发现的？"

"我来的路上，在一个小古玩店里看到这玩意儿，我觉得好玩，就买下来……"

毕加索"嗯"了一声。他也该掩饰掩饰自己的失态了。他刚才的震惊一定没逃过马蒂斯的眼睛。马蒂斯这会儿说不定正在后悔呢。

"它使人想起埃及艺术。"马蒂斯说。这会儿，他放松了，想谈谈艺术。毕加索说过，艺术家不剽窃，艺术家偷盗。毕加索既然看到了，他必定会偷盗。"线条和形状，和那些法老的艺术很相似，不是吗？"马蒂斯要强调自己的发现，他想，与其让你偷盗，不如赠予。毕加索总是偷盗别人的灵感，让人防不胜防。

毕加索仔细打量着木雕头像，一言不发。他能说什么呢？这个非洲木雕，为什么令他震撼？它身上到底藏着什么秘密？显然马蒂斯是知道的，要不，他不会那么紧张。他是怕你偷盗他的灵感。这个木雕，有灵性吗？是超现实的吗？它蕴藏着非洲大陆的黑暗力量。它是自由和野性的象征。此刻，你们互相凝视，彼此照亮。你的灵魂快被它吸进去了。艺术啊，艺术啊，是什么像焰火一样绽放？

毕加索知道他不能将这个非洲木雕据为己有，马蒂斯不会放手的。他将木雕还给马蒂斯，找个借口离开了。这多少有些失礼，因为马蒂斯正在和他谈艺术。

毕加索沿着马蒂斯来时的路，一家一家古玩店去找，终于找到了马蒂斯买非洲木雕那一家。

"还有吗?"

"没了。"

"哪里会有?"

"你去民族志博物馆看看吧。"

于是,毕加索冲进民族志博物馆,在那里待了几个小时,一直到博物馆关门。多年后,他回忆这个下午,总结说:"我知道了一件很重要的事,那就是:有些事情将在我身上发生。"接着,又补充道:"我也明白了我为什么要当画家。"就是在那时,《亚威农少女》在画家心里埋下了种子。正是《亚威农少女》促使了立体主义的出现,从而预示了未来主义、抽象主义,等等。

再说马蒂斯。他看毕加索借故走了,便也没多停留。他和斯泰因打声招呼,也离开了。一路上,他紧紧攥着他的非洲木雕,生怕它被谁抢去。他既兴奋又懊恼。兴奋,是因为他偶然得到的这个非洲木雕,它深深地打动他,让他深入地思考一些东西,比如:何为艺术?艺术怎样才能获得真正的解放?等等。懊恼,是因为他正在思考时,毕加索出现了,这家伙是那时候他最不想见到的人。毕加索是个天才,他能偷盗一切灵感,甚至是还没降临的灵感。瞧,毕加索也被打动了,不,说震撼更恰当。马蒂斯晓得有些事正在发生,在他身上发生,也将在毕加索身上发生。此时,野兽派最狂放的作品《舞蹈》已埋下了种子。

艺术史家喜欢用"爆炸"一词来形容艺术史上引起突变的时

刻。这个下午，那个小小的非洲木雕确确实实引发了一次"大爆炸"。

咖啡馆里的姑娘

海明威走进咖啡馆，找个位置坐下，要了一杯咖啡。有这一杯咖啡，他可以在这里坐一天。他不急于喝咖啡。他掏出笔记本和铅笔，开始写作。"一个姑娘走进咖啡馆，独自在一张靠窗的桌旁坐下，她长得很漂亮。"海明威继续写作，不时地抬起头看一眼那位姑娘。姑娘很漂亮。"美人儿，你是属于我的，整个巴黎都属于我；我则属于这个笔记本和这支铅笔。"终于写完了，海明威再次抬起头，姑娘已经走了。他心中涌起一股温暖的情感，希望那姑娘是跟一位好心的男人走的。

如今，海明威不在这里，他成为咖啡馆的广告，他的故事镌刻在一块黄铜牌匾上。他常坐的桌子上放有一个小牌子，上写：海明威常在此写作。

我看到一位姑娘在靠窗的位置坐下。她是一位美人儿。她在海明威《流动的盛宴》中出现，又出现在我的这篇文章中。

她，白衬衣，蓝裙子，外加一条蓝色纱巾，看上去干干净净。她掏出一本书。她要在这里看书。我很想知道她看的是什么书，但没好意思去打扰她。

她叫什么名字？琼。这是我的想象，我觉得这个名字很适合她。她出门去，会遇到另一个潦倒的作家，这个作家有可能叫亨利……

或者，她叫安娜，这个名字也适合她，她边看书，边在心里酝酿美丽的诗句。她出门去，会遇到一位潦倒的雕塑家或画家，他的名字可能叫莫迪……

在这里，构成故事张力的词语是"潦倒"，只有"潦倒"，才有浪漫。

骷髅

骷髅本身并不令人震惊，尤其是骨头洗得雪白，处理得湿润光泽时。但思考骷髅令人震惊。有一个士兵，我们管他叫卡恩吧，他在战场上捡到一个骷髅，带回营地，处理干净后，用作烛台。

骷髅所属的士兵是一个怎样的人呢？卡恩在思考这个问题。他能肯定的是，那个士兵不久前还活着，是一个活生生的人。他远离故土，来到万里之遥的异国他乡作战。他不理解战争，他只关心生死。他想活着回去。他有家人，有父母，有兄弟姐妹，说不定还有女朋友。他有个人爱好，也许会下棋，也许热爱绘画，或者想当作家，谁知道呢。如果他活下去，成为作家，写出与这场战争有关的小说，我或许还能读到呢……噢，瞧这家伙，他是我对面的敌人，我没杀死他，他成了作家。卡恩这样胡思乱想。

这是荒谬的，骷髅对卡恩说，我不该在这里，不该成为你们的烛台。

我没有不敬的意思，我很爱这烛台，尽管这是你的骷髅，卡恩说。

你想过没有，有一天，你的骷髅也会成为我们士兵的烛台，骷髅恶毒地说，或者成为虎子。

卡恩不明白虎子是什么，他问骷髅。骷髅冷笑一声，说，就是夜壶，或者说文雅一点，叫溺器。

卡恩在历史书中读到过，有人将仇人杀死后，把骷髅刷上漆做成夜壶使用，以此发泄刻骨的仇恨。

他对骷髅没有仇恨。他和骷髅所属的士兵是一样的人，都是棋盘上的小卒子。他们听命令，上前线，杀人或被杀，如此而已。

卡恩意识到骷髅也是人，而不像宣传单上说的是野兽或怪物。这让他有负罪感。骷髅对他说，你也是人。哦。他突然意识到战争尚未剥夺他的人性。可是，骷髅说，一个人怎么能拿别人的骷髅做烛台呢？人应该这样吗？

卡恩不知道他是在想象中还是在睡梦中与骷髅对话。不过，都一样，有什么区别呢？他没告诉骷髅，他看到一个士兵休息时拿小石子抛进那个阵亡敌兵敞开的颅骨里。他能清晰地听到那个颅骨里传来雨水的轻微溅泼声。他想制止那个士兵。可是，你瞧，那时候他们刚结束一场战斗。身边环绕着数百具敌人的尸体。他们，一个个脏兮兮，浑身布满灰尘和步枪油，他们的军服因为数日的雨水、汗水和日晒，变得硬邦邦。他们胡子拉碴，憔悴瘦弱，形同鬼魅。饥饿、疾病、闷热、潮湿、蚊虫叮咬，已把他们折磨得不成人样。他们饥肠辘辘，疲惫不堪。那个士兵只是无聊，才用石子往死亡敌人颅骨里抛。他也没有不敬。但，那个颅骨会这样认为吗？

战争是对人的合法狩猎。人性没有存身之地。你如果保有人性，那你很可能不是一个合格的士兵。最好不要将敌人个体化。他们应该是抽象的，是一个符号，是一个名词。你不是去杀一个和你一样有血有肉的活生生的人，你是去杀敌。真是这样吗？卡恩不敢再深思下去，他怕自己发疯。

卡恩用一块干净的布包好骷髅，拿到树林里，在一棵大树旁挖一个坑，将骷髅埋掉。

再见，伙计！

骗子十戒

我和马洛登上埃菲尔铁塔，饱览巴黎的美丽风景。天空湛蓝，大团大团的云彩像堆起来的棉花垛，阳光明媚，一些屋顶或玻璃幕墙反射着阳光，看上去像是放光的宝石。他递给我一张纸，说："你看看这个。"

纸上内容如下：

1. 做一个有耐心的倾听者。

2. 别看起来不耐烦。

3. 等对方发表政治见解，然后表示同意。

4. 让对方发表宗教观点，然后随声附和。

5. 谈论性时要用暗示性话语，如果他们没有表现出强烈的兴趣，就不要再继续说下去。

6. 别谈论疾病，除非对方对这个话题表现出特别的关心。

7. 别窥探别人隐私。

8. 别吹牛。让你的重要性在无意中显现出来。

9. 别不修边幅。

10. 别酗酒。

"这是什么？"我问。

马洛递给我一张男人的黑白照片，说："他写的，给后辈的10条戒律。"

照片上的男人看上去四十多岁，穿着精致的深色西服，里面是白衬衣，打着带圆点图案的领带，脑门宽广，头发梳得一丝不苟。最突出的是他那双驯兽师般的眼睛，直视着你，炯炯有神。他像法官一般威严，像权威人士一般自信。当然，他更像政治家，说谎和说出真理一样坚定。他的神情仿佛在说：你要听我的！

"他是谁？"

"他叫维克多·拉斯提格。"马洛说。

我等着马洛说下去，他却突然转移了话题。

"你知道这个铁塔设计寿命是多少年吗？"马洛问道。

"我不知道，"我说，"我只知道这铁塔是1889年为庆祝法国大革命100周年和世博会召开而建的。"

"没错，"马洛说，"设计寿命是 20 年，也就是说到 1909 年就该拆除了。可是，一直没有拆除。时间来到 1925 年，经过第一次世界大战，法国经济陷入困境。埃菲尔铁塔年久失修，维修需要一大笔钱。怎么办？有人提议：与其维修，不如把铁塔卖了。于是这位老兄粉墨登场了。他伪造证件，把自己包装成邮电部副部长，负责售卖埃菲尔铁塔。然后和巴黎五大废旧钢材收购商联系，邀请他们到一家高级餐厅吃饭，向他们透露政府要卖铁塔，按废铁卖。建造埃菲尔铁塔用了 70000 吨钢材，现在按 7300 吨废铁卖。拉斯提格给他们看他的假证件、政府文件以及一份《反对修建巴黎铁塔》的抗议书，上面有 300 多个签名，其中有大家熟悉的作家莫泊桑。之后，他用租来的豪华轿车，拉上五位老板去参观埃菲尔铁塔。他向铁塔工作人员展示一下假证件，带五位老板上到铁塔上转了一圈。五位老板深信不疑。这是一笔大买卖，就看谁能抢到手。其中一个名叫泊松的老板，为了拿下这个项目，向拉斯提格行贿一大笔钱。拉斯提格拿到钱后，连夜逃往维也纳。泊松发现受骗后，觉得太丢人，没有报警。拉斯提格在维也纳待了一个月，一看风平浪静，什么事也没有，就又返回巴黎，故技重施，如法炮制，把埃菲尔铁塔又卖了一次。这次他没那么幸运，有人报警了。拉斯提格嗅到危险，在警察找上门前，已横渡大洋，到了美国。"

马洛又说："拉斯提格也不是他的真名，他的真名叫什么，已经不可考了。他会 5 种语言，拥有 25 个化名，被世界上 47 个执法机构通缉……"

马洛又说："当初，拉斯提格和那五名老板就站在我们现在站的位置……"

我又打量一番拉斯提格的照片，并拿给马洛看。"瞧这眼睛，"我说，"如果你和他在一起，这样一双眼睛看着你，他说什么你难道会质疑吗？"

马洛承认他不会。

我也不会。

我不明白马洛为什么要在这里给我讲这样一个故事。

"难道他不像个导师吗？"马洛说。

"像。"我说。

"他就是个导师，在他的行当。"马洛说，"他给出的 10 条戒律，是骗子修养必备。但我想，对你这个作家也有启发作用吧，毕竟你们干的行当近似。"

"你说什么，作家和骗子的行当近似？"

"难道不是吗？"马洛扳着手指头给我列举他的论据，"第一，作家和骗子都说谎。第二，作家和骗子都十分自信。第三，作家和骗子都懂得心理学。第四，作家和骗子都有想象力。第五，作家和骗子都喜欢用化名。"

"难道没有区别吗？"

"区别也有：第一，作家吹牛很直接，骗子吹牛更隐蔽。第二，作家酗酒，骗子不酗酒。第三，作家窥探别人隐秘，骗子不窥探。第四，作家不修边幅，骗子讲究衣着。第五，作家固执己见，骗子灵活多变。"

我们哈哈大笑。

从铁塔上下来时，马洛仰望着铁塔说："要想成名，就要干票大的，像拉斯提格一样。"

"我明白了，你是想让我也干票大的，一举成名。"

马洛拍拍我的肩膀，说："兄弟，我们总不能输给一个骗子吧!"

马洛最后这句话，对我无异于当头棒喝。每当我坐到书桌前，打开电脑，准备写作，我头脑中都会回响这句话——"兄弟，我们总不能输给一个骗子吧!"这时，我就不由得会想这样一个问题：

我的埃菲尔铁塔在哪里？

奇怪的公式

在剑桥，瞥了一眼下面这个公式，我眩晕了，庆幸自己没学数学。

$$1+2+3+4+\cdots\cdots\infty = -1/12$$

一天，剑桥大学教授戈弗雷·哈代（此哈代非写《苔丝》的小说家哈代）收到一封来自印度的信，写信人叫拉马努金，是一位 26 岁的普通会计，没受过大学教育，爱好数学，随信附上他的研究成果：120 个奇怪的公式。所有公式都没有推导，直接给。比如上面这个公式，就是其中之一。

所有的正数相加，怎么会得出一个负数，而且还是一个负的分数呢？

"又一个'民间数学家'，"哈代想，"真是异想天开啊。"他将信丢到一边，不予理睬。后来，他得知希尔教授也收到一封同样内容的信，希尔教授还复函揶揄拉马努金几句。他们把这当成一个笑谈。

这件事就这么过去了。

可是，那些奇怪的公式却折磨起哈代教授来了。正因为奇怪，他记住一些，比如上面提到的那个。写信人是白痴或疯子吗？显然不是，至少从书信中看不出这种迹象。他是开玩笑吗？不。一个印度小伙子和万里之外的大学教授开哪门子玩笑。不是开玩笑。他是认真的。

如果那些公式成立呢？哈代想，那么，拉马努金毫无疑问是一位数学奇才。如果它们是杜撰的，拉马努金堪称诈骗大师。

仔细检查，他发现 120 个公式中，有些早已是著名的数学公式；有些只是猜想，如果能够证明，会对数学有很大推动作用；还有一些则根本没见过，比如上面提到的所有正数相加等于负分数这个公式。

他给拉马努金回信，希望他能证明自己写下的公式。拉马努金回信拒绝了他的要求，他说他害怕被关进疯人院。

哈代再次去信，邀请拉马努金来英国，他愿为他提供展示天赋的机会。拉马努金又拒绝了。他说他们的宗教认为穿越海洋是渎圣行为，要遭殃的；即使侥幸活下来，也要被罚为贱民。

哈代说服剑桥大学为拉马努金提供奖学金，并再次发出邀请。拉马努金终于动摇了。他说他做了一个梦，梦中吉祥天女同意他去英国。

拉马努金到英国后，哈代才知道他对于什么是推导毫无概念。他说他的公式皆是梦中所得。但哈代认定拉马努金不是一般人，而是数学史上最伟大人物级别的天才。

在哈代的坚持下，随后五年，拉马努金待在剑桥，写下二十多部著作，获得了大学文凭，并成为英国皇家学会会员。

拉马努金生病，哈代去探望，告诉他自己乘坐的出租车有一个无趣的车牌号——1729。

"无趣吗？"拉马努金说，"其实这个数字挺有意思的，它是可以用两种形式表示两个立方数之和的最小数字。"

"10 与 9 的立方数之和，12 和 1 的立方数之和。"

"两种形式表示两个立方数之和，1729 是最小值。"

"是吉祥天女告诉你的吗？"哈代说。

二人哈哈大笑。

回到前面提到的那个正数相加的公式，据说其成立的前提是要求时空有二十六个维度。天啊，对我来说，理解一维二维三维是自然之事，理解到四维有些勉强，理解五维就很难……哦，二十六维，打死我也想象不出来。

切的诅咒

切·格瓦拉到玻利维亚输出革命，领导游击队与政府军作战时被俘。他说过："我来了就没想走，离开的只能是我的尸体。"

玻利维亚最高指挥官很快下达了枪决他的命令。

切说："这样更好，我就不该被活着抓住。"

一个在场的中情局探员问他有什么遗言，他说："告诉菲德尔·卡斯特罗，他很快就能看到美洲革命的胜利。"

还有呢？

他说："告诉我妻子，她可以改嫁，我希望她幸福。"

行刑的中士让切坐下，切拒绝了，他要站着死。

中士喝了酒壮胆，但面对切时，仍然哆嗦。切让他冷静下来，对他说："你只是杀死一个人而已。"

切叫他开枪。

半自动武器打出一串子弹，只打中切的腿和胳膊。

切倒下去，咬住自己的手臂，防止叫出声来。

中士再次开枪，终于有一颗子弹穿透切的心脏。

切被枪决之前，曾在拉伊格拉学校短暂关押。教师胡莉娅给切送了点吃的，并和切说了几句话。

几十年后，胡莉娅说抓捕切的那些人后来都死得很惨，她说这是切的诅咒。

——领导抓捕切的指挥官森特诺作为驻法大使，在巴黎遇刺身亡。

——下达对切执行死刑命令的总统勒内·巴里恩托斯死于一场神秘的直升机坠毁事故。

——协助抓捕切，并将切的手表据为己有的中校安德斯·塞利奇被暴徒打死。

——抓捕切的突击队领导加里·普拉多上校擦枪走火，击中自己，落下个终身瘫痪。

据说，只有行刑的中士躲过了劫难，因为他使用了假名。

萨松手一挥

萨松手一挥，把军功十字勋章扔进默西河。

他作战勇敢，是一名凶残的战士，战友们给他起了一个绰号——"疯狂的杰克"。他杀起人来毫不手软。战争，就是给一代青年颁发杀人执照，好让他们在战场上厮杀。他终其一生未曾发现战争的意义何在。

萨松 1916 年写下短诗《将军》：

> 将军说："早安，早安！"
>
> 在上周我们前往防线的路上。
>
> 可是现在，他曾与之微笑的士兵大部分已阵亡，
>
> 我们诅咒他像猪一样不称职。
>
> 在向阿拉斯跋涉的路上，

哈利对杰克说："他是个快活的老派。"

但他却袭击了我们。

十字勋章在空中划出一条弧线，金光一闪，一头扎进波光粼粼的河水中。

萨松说："见鬼去吧，荣耀是狗屎！"

王位

清晨，我来看这块石刻。我到地方时，太阳刚刚升起。阳光照在石刻上，虽然经历了漫长的岁月，石刻上骑马的人像和下面的铭文仍然隐约可见。我不懂古波斯文，据说铭文的意思是：海斯塔斯皮斯之子大流士，有赖于他的良马和优秀马夫之助，赢得了波斯国王。上面刻有马和马夫的名字。马夫叫奥耶巴列斯。

相传，石刻是大流士所立。看了下面的故事，你就知道为什么大流士会立这样一块石刻了。

七位波斯贵族联合起来，打败并杀了僭主——冒牌国王。然后七个人在一起商量，如何治理国家。他们首先要决定的是，施行什么样的政体。有人主张民主政治，有人主张寡头政治，有人主张君主政治。既然意见不能统一，那就少数服从多数。七人中有四人赞同最后那一种意见。

主张施行民主政治的奥涅斯塔说："无论是抽签，还是让波斯人民自己做出决定，或者用别的方法选举国王，我们中间必然会有一人成为国王。我既不想统治别人，也不想被别人统治，因此我退出竞争。"他退出的条件是，他和他的子子孙孙永远都不受他们中间任何人支配。其他六人爽快地答应了他的条件。

现在，六个竞争者，选谁当国王呢？用什么样的方法选出国王才是最公正的？他们想出的方法匪夷所思：翌日清晨，他们骑马到市郊相会，日出之后，谁的坐骑第一个嘶鸣，谁就当国王。

大流士回去后，将马夫叫来，让马夫想办法为他赢得王位。这个马夫相当聪明，他连夜牵着大流士的坐骑特别喜欢的一匹牝马到市郊，把它拴在那里，再把大流士的坐骑牵到那里，绕着牝马转圈，越转离牝马越近，最后，就与牝马交配起来。

翌日破晓，这六名波斯贵族如约骑马而来。当来到头天夜里拴牝马的地方，大流士的坐骑突然跃起前奔，并发出嘶鸣。其他五名贵族立即下马，向大流士鞠躬，承认大流士为他们的国王。

据说，马夫还留有一手。他清晨出发时，用他的手摩擦牝马的阴部，然后把手插在裤兜里，准备到地方后，把手掏出来，伸到大流士坐骑的鼻孔前……

邂逅梦露

在好莱坞，邂逅梦露……

这不是白日梦。三维成像和 AR 技术结合，使得梦露像真人一样出现在我面前。这么说吧，你不伸手去触碰，就分辨不出她是真人还是影像。

她开口说话时，你能听到她甜美的嗓音。

我一直宣称梦露是我的梦中情人。

马洛说："这次你可以见到她了。"

在马洛的安排下，我来到一个空旷的别墅，果然看到一袭红裙的梦露。红裙的上部用料很省。梦露酥胸半露，肩膀和后背全都赤裸着。皮肤的白，裙子的红，醒目地对比着。美，性感，光芒四射。

我能感受到她身上散发的热量，能听到她的呼吸声，能嗅到她的芬芳。是香奈儿5号吗？梦露曾说她睡觉时只穿香奈儿5号。她还说，我也不是什么都不穿，我身上有收音机的电波。

我不敢直视她。

"身体就是用来被看的，而不是被遮掩的。"她说。

她问我看过她的裸体吗，我说看过。《花花公子》创刊号上的那张全裸玉照传播很广，尽人皆知。太美了。完美的身体。年轻时，我第一次看到那张照片，立即被震撼了。

我问她对成为性感符号有什么看法，她说：

"纵然人们将你与性感画上等号，也总比默默无闻来得好。"

我喜欢梦露的直率。正经和假正经的人太多，我都不喜欢。我喜欢率真。梦露尽管被包装，但仍有率真的一面。她说："像男人一样有许多床上伴侣，只睡那些最有魅力的男人，却不卷入任何感情，不是很棒吗？"

"这些男人有哪些？"

她一口气说出17个名字，其中有一些我们耳熟能详，比如：让·雷诺阿、海明威、阿瑟·米勒、爱因斯坦等。

"不卷入感情，你能做到吗？"

"做不到，"她自嘲地一笑，说，"我曾以为自己能做到，可是……你瞧，我和阿瑟·米勒就没做到，我爱上他，并嫁给了他。"

这是典型的才子配佳人，遗憾的是，最后以离婚收场。不过，他们曾经拥有过幸福，这已经值了。

"在好莱坞……"

我刚提到好莱坞，就被她打断，她说：

"好莱坞是这样一个地方，它会为一个吻付 1000 美元，而你的灵魂只值 50 美分。"

又说：

"好莱坞让女孩的品德比头发造型还不值钱。"

哦，这就是好莱坞，造梦的地方。我认为她说得偏颇，但不想反驳。她自己比所有人都清楚，没有好莱坞，就没有玛丽莲·梦露。

我说我喜欢她的天生丽质，她不化妆时也很美。我看到过一张她穿着随意、手捧书本的照片，美极了。

"真的吗?"她说。

一转身，她再次出现时，已是一身休闲装：牛仔裤，白衬衣。"这样吗?"

"是的。"我说。

"我读诗，留住美好时光。"她手中拿着一本伊丽莎白·毕晓普的诗集《北方 南方》，她说，"我不是赚钱机器，我只是想要让自己更完美。"

我们在游泳池旁的椅子上坐下来，随意地聊天，她时而开怀大笑。我并不是一个能逗人笑的人，我不明白她笑什么，是笑我的口音吗？她说不是，接着又笑起来。

突然，她变得严肃起来，她说："我极力寻找自己，但困难重重。"

"其他人，也一样。"我说。

"多数人穷其一生也无法认识自己，但是我必须这样做。"

我没想到我们的聊天会延伸到哲学领域。她被塑造，被定义，被宣传……但在内心，她还是清醒的，她明白符号之下有一个真实的人。

"对我而言，认识自己的最好方式，是寻找自己作为人的存在，证明自己是一位演员。"她说。

我佩服她的勇气。

"我自私，没有耐心，缺乏安全感，会做错事，会发脾气，有时还很难缠……"她说。

"我没有追求你，你不用吓我。"我说。

她哈哈大笑。

"你不是说我是你的梦中情人吗？"她说，"看来言不由衷啊。"

我笑笑。

她说：

"你和他们一样，根本不在意真实的我，相反的，你们只是爱上一个你们幻想出来的玛丽莲·梦露。"

她生气了。她一生气，后果很严重：她彻底消失了。

我茫然四顾，再也见不到梦露。

马洛出现在我身旁，拍拍我的肩膀，说：

"梦总有结束的时候。"

这是南柯一梦吗？

乌托邦共和国

赫尔佐格在上海举行电影回顾展时，我向他提出一个请求，请求他允许我把他创建乌托邦共和国的故事排成话剧，搬上舞台。那是他回忆起来颇觉尴尬的经历。我已做好被他拒绝的准备。没想到赫尔佐格一口答应下来。我趁机向他讨要建议。他说：

"自己去体验一把！"

于是，我来到墨西哥毗邻危地马拉的边境，站在乌苏马辛塔河岸边。同行的马洛对我这一行为不以为然，他说这真的是既愚蠢又疯狂。我说我要的就是愚蠢和疯狂。"这是我要体验的。"我说。

1964 年，22 岁的赫尔佐格怀抱伟大理想，要去危地马拉的贝登地区建立一个国家——一个理想的共和国。他觉得这一地区有自己的语言、文化和历史，区域也独特，建立一个独立的国家，那是再合适不过了。

赫尔佐格可不是一个空想家，他说干就干，首先为这个想象中的国家起草了一部宪法，然后带着宪法出发了。那时危地马拉军政府掌权，他没能拿到签证，只好先到墨西哥，准备偷渡过去。

看着眼前的乌苏马辛塔河，我不能确定赫尔佐格确切的偷渡地点。现在，偷渡是不可能的。河两岸都拉上了带刀片的铁丝网，不要说人，就是一只鸭子也无法偷渡过去。

"当时应该没有铁丝网吧?"马洛说。

"肯定没有。"我说。

赫尔佐格说他是抱着一只足球向那边游去，若像现在这样有铁丝网，他根本下不了水。

"如果没有铁丝网，你也准备游过去吗?"马洛说。

"嗯，"我说，"有这个想法。"

"我看你是疯了。"

"差不多吧。"这时我已进入角色之中，我说，"不发疯，谁会干这样的事。"

一个欧洲小伙子要帮助贝登人建立一个国家，噢，是够疯狂的。关键是，贝登人还不领情。怎么领情? 他们根本不知道有这回事。建立这个国家对赫尔佐格有什么好处? 没好处。更确切地说，他没考虑过这个问题。他想当总统吗? 不。他是个外来者，按他起草的宪法，他没有资格担任总统。

"那时候，赫尔佐格是如何发现贝登这个地方的?"

"不知道。"

贝登，距离欧洲有半个地球这么远，在地图上很难找到。当初，赫尔佐格为什么盯上了这个地方? 这只有赫尔佐格自己知道。那是个革命的年代吗? 是的。古巴革命获得胜利，鼓舞了一大批人。切·格瓦拉在与卡斯特罗相识之前，曾在危地马拉待过。1950 年阿本斯当选总统，实行一系列改革，尤其是土地改革，触犯了美国人的利益。美国中情局于 1954 年成立了一支由危地马拉军官阿马斯领导的雇佣军，颠覆了阿本斯政权，实行独裁统治。阿马斯上台后，残酷镇压左翼人士，几个月内就逮捕或杀害了约 9000 人。切·格瓦拉上了中情局的黑名单。在军事独裁统治下，进入危地马拉，去创建国家，无异于纵身跳入深渊。

赫尔佐格无所畏惧，他敢于纵身一跃。

赫尔佐格要游过去，游过这条界河。他抱着一只足球，向对岸游去。今天看来，这是鲁莽之举。当时也是。他快游到中间时，抬头一看，对岸出现几个士兵，他们手握突击步枪，盯着他。他们没有开枪。也许在等他游过河流的中线，那时开枪更名正言顺;也许在等他游过去，上岸后逮捕他。

赫尔佐格朝那几个士兵挥挥手，转身往回游，又回到了墨西哥的土地上。他的建国计划失败了。

我能体会到赫尔佐格爬上岸时的沮丧。他从遥远的德国过来，只是在乌苏马辛塔河游了一次泳，然后打道回府。这是多么大的挫败啊！

换个角度看，其积极意义就呈现出来了。他，一个青年，敢于挑战一个独裁国家，这需要多么大的勇气啊！赫尔佐格是一个行动者。他不是坐在德国的家里幻想一个乌托邦，而是背上背包，跨过千山万水，来到乌苏马辛塔河畔，要建造一个乌托邦。青春，多么无畏啊！失败，多么辉煌啊！

赫尔佐格敢于纵身跳入激流中，我呢？只是站在岸上打量着这条界河而已。换个角度看，我，至少来到这里了。愚蠢和疯狂吗？不，我不这样认为。看看乌苏马辛塔河，看看这片风景，不是也挺好吗？

展览开幕前夜

展览开幕前夜，佩姬走进画廊。尽管不是第一次办展览，她仍然很紧张。一切应该已经就绪，可是，她看到的却不是这样。一些画还放在地上，靠着展墙，没有被挂起来。工作人员呢？他们也许吃饭去了，她知道他们会回来完成他们的工作，明天大门一开，一切 OK。

一个老头儿蹲在地上看着一幅画。谁呀？她想。她走过去，旋即认出：蒙德里安。这是杜尚向她推荐的"绝对的大师"。她想请他当顾问。"我会给他打招呼，"杜尚说，"但你要亲自登门聘请。"没问题，她说。她对杜尚言听计从。她知道蒙德里安，只要他挂个名，这个展览就有权威性。她登门拜访。蒙德里安很爽快，一口答应下来："好，你把我名字写上吧。"

她没敢劳驾大师亲自来给她把关。大师自己来了，完全出乎她的意料。

她恭恭敬敬站到大师身后。

大师正看着的是一幅无名画家的作品：《速记人物》。

大师似乎没发现她，她在大师身边蹲下。大师仍然在看画，没有理她。

她感到有些紧张，这幅画……色彩倒是明亮，可是——

"很糟，是吧?"她怯生生地说。

大师没回应她。

她觉得尴尬。这幅画让她难堪。一幅杰作可以拯救一个展览，同理，一幅糟糕的作品也会毁掉一个展览。关键是，业内人士会怀疑她的品位，嘲笑她不懂艺术。她的确不懂艺术，但她有直觉，她能嗅出哪是好作品，哪是坏作品。再说了，她有杜尚这样的艺术家为她参谋，她轻易不会失手。这次，她要被蒙德里安鄙视了。想想蒙德里安作品的严谨，这幅画是多么随意啊。太不成熟了，没结构，用色随心所欲，简直不像样子。总之，完全是业余水平。

"真不知道这幅画是怎么混进来的。"她说。

大师老是盯着这幅画看，像是对她的羞辱。她想让大师把目光转向别的画。毕竟，别的画还有可取之处，不像这幅画，让她无地自容。

她已想好，这幅画一会儿就会从展厅里消失，再也看不到，仿佛它从没存在过一样。对画家——那个……叫什么来着，她看标签，杰克逊·波洛克——她知道怎么说，不伤害他的自尊。艺术家都超级敏感，她可不想得罪什么人。

这画的是什么呀，艺术也应该有逻辑，可是，这幅画，简直就是恶作剧，是小孩子的涂鸦，是一个嘲笑……她仿佛听到从画布上喷出来的笑声。

大师就是大师，一眼就看出这是垃圾，佩姬很佩服蒙德里安的眼光，幸亏有他，她才能提前发现这幅劣作。

"大师，看看别的吧。"她说。

"别的我都看过了。"蒙德里安说。

他转过头来看着她，她恨不得找个地缝钻进去。

"这是我见过的美国人画的最有意思的作品。"大师很认真地说，一点儿也不像是开玩笑。

她困惑了。这幅画好在哪里？她实在看不出来。

"大师——"

"这个人，你要好好留意，他，前途不可限量。"蒙德里安说。

她大吃一惊。

"他，让我们这些老家伙感到恐惧，他会干掉我们的。"蒙德里安说，"你记住我说的，不会错。"

蒙德里安走后，那些工人回来了，她指挥他们将这幅《速记人物》挂到显要位置。

第二天展览开始，她挑出那些潜在的买主，神秘地告诉他们，她要带他们看一幅非常非常了不起的画作。她带他们来到《速记人物》前，热情洋溢地夸赞这幅画作。她说：

"美国，终于要产生自己的大师了，这个年轻人，杰克逊·波洛克，就是美国艺术的未来！"

双方均认可的报复

犹滴是一个美丽的寡妇。为拯救被围困的城市，她盛装出城，来到敌人的营盘。犹滴惊人的美丽，为她打开一条通道。犹滴来到敌方首领荷罗浮尼的营帐。她谎称为荷罗浮尼提供情报，从而赢得荷罗浮尼的信任。荷罗浮尼留她在营帐内，她趁荷罗浮尼醉酒，夜半砍下他的头颅，带回城中，从而扭转了战局……

这是圣经故事，许多画家都画过这个题材。米开朗琪罗、卡拉瓦乔和多那太罗都在作品中呈现过犹滴。米开朗琪罗的犹滴是优雅的，卡拉瓦乔的犹滴是血腥的，多那太罗的犹滴是胜利的。

阿尔泰米西娅·真蒂莱斯请求师父允许她也画这一题材。

——你能超越米开朗琪罗吗？

——不能。

——你能超越卡拉瓦乔吗？

——不能。

——你能超越多那太罗吗？

——不能。

——那你为什么要画？

——我可以画得和他们都不一样。

——好吧，我倒要看看，有多不一样。

师父问她需要模特吗，她说不用。她只需要一面镜子。镜子？够奇怪的。通常这样的画作是需要模特的。由她去吧。

真蒂莱斯开始作画。她作画时不允许任何人观看，连师父也不行。在作品完成之前，她要保密。她严肃得可怕，没有人敢去打扰她。

任何画作都有完成的时候，揭幕的时刻终于到了。

师父将众弟子召集起来，他们都十分好奇，真蒂莱斯会画出一幅什么样的杰作呢？

油画被一块布遮挡着。这是必要的。一幅作品的诞生需要恰当的仪式。

师父和众弟子满怀期待。

真蒂莱斯一改平时的邋遢，换上熨烫平整的最好的衣服。她端庄、严肃、凛然，一副上刑场的架势。

空气好像凝固了。

真蒂莱斯并不急于撤去遮挡的布。

稍作延宕。

她深吸一口气。

拽下遮挡的布。

她不需要看画作，那是她画的。每一根线条、每一笔油彩都经过她的手。整个画作她了然于心。她要看的是师父和师弟们的表情。他们的震惊、愕然、不解、愤怒、不安，等等。这一刻将铭刻在她的头脑中，也铭刻在所有人的记忆里。

画作震慑了他们。

他们目瞪口呆。

画中的犹滴就是真蒂莱斯。真蒂莱斯就是犹滴。她将自己画成了犹太女英雄。这算不得出格。她借镜子，为的就是画自己吧。犹滴手中拎着她刚砍下的敌方首领荷罗浮尼血淋淋的人头。那颗人头的脸，天啊，是师父阿戈斯蒂诺·塔西。也就是说，在圣经故事中，犹滴砍下了荷罗浮尼的人头，在画作中，真蒂莱斯砍下了师父塔西的人头。

师父性如烈火，他会怎么发作？

所有人都战战兢兢地等着师父爆发怒火。画作肯定是保不住了。尽管画得不错，可是怎么能拿师父开玩笑呢。

师父一言不发。他很清楚，女弟子是在报仇雪恨。她想砍下他的头。现实中，她无能为力，可在画作中她实现了。这是他强奸女弟子的代价。他有些懊悔。他看一眼女弟子，她的表情似乎在说：瞧，你强奸我，我把你杀了，把你的头颅砍了下来。你活该！这是你应得的！

师父并没有毁掉这幅画，他只是皱了皱眉头，说：干得好！

无名间谍的最后叹息

他说：

"我提供的所有情报都被束之高阁……他们不信任我……也不全是……否则就不会要我提供情报了……我提供的情报他们会与别的渠道得到的情报进行比对，如果一致，说明我提供的情报是真实的，但也是没用的……如果不能与别的情报进行比对，他们便选择不信，盖上一个'存疑'的章，放到一边……当然，也有另一种解释，他们为了保护我，故意对我提供的情报视而不见，这样，敌人就不会怀疑内部有间谍……在我漫长的间谍生涯中，我为他们提供了上千份情报，但毫无例外，都没起到作用……

"1941 年，佐尔格给莫斯科提供了一份情报：预计德苏战争将在 6 月 15 日前后爆发……这份情报的命运就是被盖上一个'存疑'的章，搁置一旁……每个谍报机构里都有情报分析师，他们会对情报做出评估，过于惊骇的情报，情报分析师不敢相信，他怕……我完全知道这一套……尽管如此，我还是源源不断地提供情报……为什么？因为这是我的工作……

"当我获得一份类似佐尔格'德苏战争即将爆发'这样有分量的情报，我知道它的命运是什么，这让我感到悲哀……与其被嘲笑和忽视，不如我自己将其销毁……就这样，我平平安安地度过了我的间谍生涯……没有辉煌的成就，也没有成为牺牲品……"

用被遮胸

　　早晨，成吉思汗还在被窝里没起来时，帖木格·斡惕赤金进来跪着哭诉说："九种语言的百姓都聚集到帖卜·腾格理处，我派莎豁儿去讨还我的百姓，莎豁儿被腾格理打了，被迫背着马鞍徒步回来。我亲自去讨，被腾格理七兄弟围住，迫使我悔过，跪在帖卜·腾格理后面。"

　　说罢，痛哭起来。成吉思汗还没说话，孛儿帖夫人从被窝里坐起，手拉被子掩住胸部，流着泪说："他们要干什么？以前合伙殴打了合撒儿，现在又迫使斡惕赤金跪在他后面，是何道理？你今健在，他们都敢欺负你如桧如松的弟弟们；久后，你老了，像乱麻、像群岛一般的百姓们，如何会服你幼小的儿子们管？"

这段看起来像小说一样的文字，来自《蒙古秘史》。帖木格·斡惕赤金是成吉思汗最小的弟弟。他被帖卜·腾格理欺负了。这时候成吉思汗已是草原之王。帖卜·腾格理又是什么人，他怎么这么大胆子敢欺负成吉思汗的亲弟弟？说起来，帖卜·腾格理可不是一般人，他是萨满大巫师，也就是说，是蒙古族的宗教领袖。如成吉思汗弟弟所说，九种语言的百姓都聚集到他那里了。他羽翼渐丰，要与成吉思汗分庭抗礼。成吉思汗共三个亲弟弟，合撒儿是最大的弟弟，斡惕赤金是最小的弟弟，这已有两个被欺负了。

帖木格·斡惕赤金哭诉完，"成吉思汗还没说话，孛儿帖夫人从被窝里坐起，手拉被子掩住胸部，流着泪说……"《蒙古秘史》叙事简略，其音写译本（即按照蒙古文发音，逐字译过来的版本）只有几万字。此处，却写得很细，呈现出动态的画面。显然孛儿帖过于激动，突然坐起来，按现在的说法，走光了，于是急忙拉被子掩住胸部。音写本更简洁，只"用被遮了胸"五个字。这个小小的细节在两个版本的史书中都清晰地保留着。对整个叙事来说，这个细节略去，并不影响什么。作者为什么一定要留下这个细节呢？《蒙古秘史》之所以称为秘史，是因为最初由皇家私藏，秘不示人。大汗审阅时也没有删去这几个字。这是秘史可爱的地方。

之后，还有一个细节，也颇值得玩味。

孛儿帖边说边哭，泪流满面。

成吉思汗对弟弟说：

"帖卜·腾格理今天要来，由你处置吧。"

于是，斡惕赤金起身，去准备了三个大力士。

少顷，蒙力克领着七子来。帖卜·腾格理至酒局西边，才坐，斡惕赤金将他衣领揪住说：

"你昨日教我服罪，我如今与你比试。"

斡惕赤金揪着往外拖，帖卜·腾格理帽落于火盆边，其父拾起嗅了置于怀中。

成吉思汗说：

"出去比试吧。"

他们出去后，外面预先准备的三个大力士迎上来，将帖卜·腾格理脊骨折断，弃于左边车梢头。

这一段中，斡惕赤金与帖卜·腾格理揪扯时，帖卜·腾格理的帽子掉在火盆边，他父亲将帽子拾起来，嗅了，放到怀里。

"嗅了"特别有意思。蒙古人的帽子应该是皮帽子，带毛，落到火盆边，离火很近，嗅了嗅，是看帽子是否被火燎着了。燎着的话，会有一股焦煳味。蒙力克显然没意识到成吉思汗要处置他儿子，所以才在意帽子。这样的细节写入历史，历史便有了气息，是活生生的流动的场景，而不只是冰冷的大事记。

在高原，在黑夜，在雨中

电闪雷鸣，天空低垂，大地颤抖，暴雨倾盆……瞬间，雨水便汇成小溪，向低洼处流去。狂风大作，几欲掀翻帐篷。

黑暗中，两条狗都淋得精湿，蜷缩成一团。它们不时地抖一抖身上的水。可是，这起作用吗？显然，不。后来，它们索性趴在泥地上。

它们不能回帐篷。它们被绳索拴着。为防盗匪袭击，它们要守夜。帐篷门开在避风方向，马和骡拴在门口。夜间盗贼总是来自迎风的方向。大黑狗尤尔巴尔斯被拴在远端，黑白相间的马琳其被拴在近端。

防范是必需的。因为出发的第三天，就有两匹马被盗贼掠走。

斯文·赫定陪着两条狗值守。他在两条狗之间徘徊，让它们知道他并没有抛弃它们。他淋得像落汤鸡。雨声太大，他没法和狗交流。狗能听懂一些话，尽管它们不会说。

他必须想点什么。首先想到的，是这趟冒险。拉萨是一座神秘的圣城，难以接近。许多探险家试图前往拉萨，都被拒绝入境。尽管如此，他仍然决定冒一次险。他挑选一名哥萨克人沙格达尔和一名蒙古喇嘛希日布，组成一个小型探险队，带着五头骡子、四匹马和两条狗，从藏北沿蒙古朝圣者的道路前往拉萨。为了保险，他剃了光头，刮了胡须，并用软膏将皮肤涂成棕色，从头到脚装扮成蒙古人的模样……这样能行吗？他不知道。无法预料。只有时间会给出答案。

狗知道它们的职责。唯其如此，忍受雨水的抽打才是值得的，才是有意义的。他与狗在一起，会使狗觉得境遇是可接受的。它们不是白受罪，而是在站岗放哨。

后半夜，两条狗突然疯狂地吠叫起来。喇嘛醒了，提着步枪冲了出来。沙格达尔还在睡，他睡起觉来打雷也惊不醒。斯文·赫定将沙格达尔也叫起来。他们熄灭灯火，埋伏起来，啼听着远处的动静。马蹄声盖过了雨水的声音。喇嘛要举枪射击，被斯文·赫定阻止了。急促的马蹄声在淤泥中嘚嘚作响。是马贼吗？谁知道呢。黑暗中什么也看不到。只有声音。对方显然也听到了两条狗的狂吠。双方都不明底细。马蹄声渐渐远去，雨水的声响又统治了世界。狗儿们也不再吠叫。

夜，仍然很漫长，狗儿们还要忍受雨水的抽打。

斯文·赫定到帐篷中写日记，记下这个夜晚的雨和恐怖……

好了，我索性把这趟冒险的结果告诉你吧。十几天后，他们突然被一队藏族骑兵围起来。骑兵像表演，又像示威，在他们周围呼啸来去。骑兵中的队长命令他们：掉头返回。没有商量的余地，他们一步也不能往前走，从哪里来再回哪里去。

在华盛顿邂逅塞尚

我没想到会在这里遇到塞尚。这是美妙的一天，阳光强烈，天空瓦蓝，云朵像洁白的棉花垛。锡克教徒在举行节日游行，前面是乐队，跟着的是彩车和盛装的人群。交通中断。塞尚坐在广场边的一张椅子上，注视着前方。

塞尚说："太阳的光线如此强烈，让我感到物体的轮廓都飞了起来……"

又说："我们富饶的原野吃饱了绿色和太阳。"

他自言自语，没有人接话。这里多是游客，没人意识到他是大名鼎鼎的画家，尽管旁边的博物馆里正在举办他的画展。据说，这次展览的画作最全，主办方尽其所能地从其他博物馆和收藏家手中借来大量塞尚画作。

塞尚说："孤独对我是最合适的东西。孤独的时候，至少谁也无法来统治我了。"

又说："我们生活在一个由混乱而形成的彩虹中。"

又说："我欠你的绘画真理，我将在画中告诉你。"

又说："你看，当我们开始近距离观察世界的时候，我们会发现世界是这么糟糕，我们忍不住就成了哲学家。让理智见鬼去吧，快乐万岁！"

走过去之后，我朝大师挥挥手，喊：

"快乐万岁！"

站在弗吉尼亚·伍尔夫的花园里

在这座被精心打理过的花园里，一个女人自言自语，滔滔不绝，旁若无人……她同时用几种腔调说话……在她一个人的口中，几个人——有男有女——争论不休，各种观点激烈碰撞，或犀利，或冷嘲热讽，或妙语连珠……

她终于安静下来，似乎在沉思。她脚步缓慢地向前走，差点撞到树上。

她从我身旁经过，突然说：树上的鸟儿在用希腊语唱歌。

她既像是对我说，又像是自言自语。

我抬起头，看到两只黄鹂鸣翠柳——

可惜，我听不懂希腊语。

此刻，站在弗吉尼亚·伍尔夫的花园里，如同达洛卫夫人手捧鲜花站在马路边要过马路的那个瞬间。任何一个瞬间都不是孤悬在时间之外，无所傍依。它是时间绵延中的一环，连接着前一刻和后一刻。又通过前一刻和后一刻连接着过去和未来。过去和未来，是无穷无尽的。具体到这座花园，历无数纪，沧海桑田，由荒芜到田园，由田园再到荒芜……某一天，成为弗吉尼亚·伍尔夫的花园。种花植草，修葺一新。一个智慧的女人在这里徘徊，构思小说，写下能够穿透时间的名著。

正直的

1940 年夏。美国。和平时光。带走廊的木头房子。秋千。纯净的蓝天。金发少年。

威廉斯被金发少年所吸引，他要勾引金发少年。他走过去，挨着金发少年坐到秋千上。如此之近，他能嗅到金发少年身上的气息。金发少年本能地往边上挪挪，给他让出一些位置。金发少年有些紧张。金发少年并没走开，好像被什么无形的东西缠绕着，摆不脱，挣不开。金发少年申辩自己是"正直的"。"正直的"，这个词，他印象深刻。几十年后，写回忆录时，这个词又冒出来，就像一枚新鲜的硬币，闪闪发光。他记得很清楚，他用了不到十分钟就说服"正直的"金发少年与他共度良宵。"只有在我的怀里度过一晚，你的人生才会完整。"他说。

金发少年只是一夜伴侣，一段稍纵即逝的小插曲。

回忆录中有个括号，括号里的内容如下：

《欲望号街车》里布兰琪有一段台词。米奇对她说，他
以为她是"正直的"，她答道："什么叫正直？一条线或者一
条马路可以是正直的，可是人的心，噢，人心可不是，它像
山路一样蜿蜒！"

他当时是这样对金发少年说的吗？也许吧。
写剧本时，这句话像鸟一样从天边飞过来，落在他的稿纸上。

状告上帝的人

曾经，维也纳颁布一条对犹太人不利的法令，使犹太人的处境变得困难。

一个犹太人愤怒了，他来到拉比组成的法庭，说要告上帝。

"你要告谁?"法官们不敢相信自己的耳朵。

"我要告上帝。"

"为什么告上帝?"

"上帝不应该伤害他的子民。"他说。

"上帝伤害了吗?"

"伤害了，"他说，"你们瞧瞧这条法令。"

他指给拉比们看这条新颁布的法令。

"这是维也纳当局颁布的，不是上帝颁布的。"法官说。

"上帝是万能的吗?"

"是的。"

"上帝是至善的吗?"

"是的。"

"那上帝怎么能允许这样的事情发生呢?或者说,这样的事情发生了,上帝怎么能无动于衷呢?"

法官们商议后,受理了这个案件。事实很清楚,怎么判决呢?法官们让原告在庭外等候。他们无法要求被告回避,万能的上帝无处不在。他们展开辩论。为了公平,他们为上帝指定了代理人。辩论的结果,万能与至善无法同时兼具,若同时兼具,现实就不会是现在这个样子。那天晚上,他们将原告叫进法庭,宣告判决:你赢了。恰在此时,维也纳当局撤销了那条法令。

这个故事是马丁·布伯收集记录下来的。

偶然

　　生活中总有一些偶然发生的事件，事后看来都是有预兆的；而反过来看，一些能够作为预兆的东西，最后也都应验了。由这种现象，有人总结出一个定理——墨菲定理：你担心的事总会发生。中国有句老话，叫"怕处有鬼，痒处有虱"，也是这个意思。

　　临出发时，我被猫给抓伤了。

　　这不算什么大事，可是也足够闹心。我和妻子给猫洗澡，猫不喜欢洗澡，挣脱时，尖利的爪子扒住我的脚趾，猫的趾甲像利刃一样扎入我肉中。我忍住疼，将猫的趾甲拔出来。血迅疾冒出来。我用棉签蘸酒精，擦去血迹，给伤口消毒。用去十几根棉签之后，血止住了。

　　要打狂犬疫苗吗？这是个问题。问度娘，说必须打。猫狗抓伤都要打狂犬疫苗。猫的趾甲里可能藏有狂犬病毒。若得狂犬病，百分之百死亡。

还有一种说法，是说猫狗只有在发病期间和发病前几天具有传染性。如果猫狗是健康的，你被它抓伤，其实是不会得狂犬病的。

我家的猫百分之百健康。

那么，不打狂犬疫苗也可以吧？

打疫苗通常要打四针到五针，短则三周，长则一个月。我马上要出国旅行，即使能打第一针，后面的针也没法打啊。算了，索性不打。

后来的事——

唯一值得庆幸的是没得狂犬病。

其他，要多糟糕有多糟糕。在布拉格，我的钱包被偷了，更糟的是，护照在钱包里面。报案后，警察录了半天口供，最后对我说：你可以走了。钱包呢？警察说如果抓到小偷，会把钱包还你，但你不要抱太大希望。只好联系大使馆，解决护照问题。为此，我不得不在布拉格多滞留了一周时间。多出来的一周，我差不多把布拉格的大街小巷游遍。但我仍不敢说我了解布拉格。这个城市的一大特点是，你越是了解，越是觉得还有更多的东西要了解。在瑞士滑雪时，我撞到一棵树上，昏迷三天。如果不撞上那棵树，我就冲出滑道，掉下悬崖了。这两件事之后，我决定立即回国。当飞机在高空遇到气旋，我们都用上氧气面罩时，我想到我家的猫，心想，真不该执意出行啊。

也许猫感受到了这次出行的危险，在阻挡我，它不会说话，于是抓伤了我。

经历艺术

　　艾敏最有名的艺术品，一是《我的床》，二是《那些和我睡过的人》。两件作品都是现成品。"我的床"就是她的床，真实的床。那是她失恋之后窝了好几天的床。床上白被子白床单白枕头（两个），凌乱不堪，也不干净。还有一双肉色长丝袜。床下乱七八糟地放着烟盒、皮带、零食包装盒、毛绒玩具、空酒瓶、挤扁的牙膏、套头卫衣、破拖鞋、用过的安全套、带血的卫生巾以及其他垃圾，等等。后来这张"床"，在 2014 年 7 月 1 日晚举行的伦敦佳士得战后及当代艺术晚间拍卖中，以 2546500 英镑（22042504 元人民币）的成交价，被艺术品经销商、白立方画廊所有者杰伊·乔普林买下，创下了艺术家个人作品拍卖纪录。

　　《那些和我睡过的人》是翠西·艾敏在 1997 年完成的作品。这件作品的主体是一个蓝色帐篷。在帐篷里，翠西写下从 1963 年到 1995 年，和她睡过的所有人的名字，这些人包括她的性伴侣、她的双胞胎哥哥和她的两个流产的孩子。

把两件作品结合起来，会不会诞生另一件作品呢？

答案是肯定的。

伦敦，那 11 天上过我的床的男人和女人。床还是"我的床"，也就是杰伊·乔普林买下的那张床，又原封不动地搬到了展览馆。帐篷是新的，和《那些和我睡过的人》的帐篷风格一样，蓝色。外面一行红字：2022.12.1—2022.12.11。只是大了好多倍。"我的床"放在帐篷里。参观者允许进去上床待一分钟，并把名字签到帐篷上。展会 11 天时间。11 天后，"我的床"归还给收藏家，帐篷将作为一件新的艺术品由佳士得拍卖。

帐篷前排起长队。多数为男人，也有女人。

艾敏小时候，父亲抛弃他们一家，另娶一个女人。他们的生活陷入贫困，不幸的是艾敏 14 岁时被强奸了。成年后，她的生活混乱、痛苦、酗酒、抑郁症、滥交、数次流产……正是这些可怕的痛苦经历，造成她的反叛性格。

她说："这就是我，无耻，疯狂，厌食症患者，酒鬼，美丽的女人。"

又说："年纪大了，我变得温和了，但我依然独立而自由。"

这个女人恨不得把穿脏的内裤和用过的卫生巾扔到观众脸上。

同时嘴里骂道：伪君子、蠢货、坏蛋……

我不知道别人参与进来是什么心理或心情。我呢？直说了吧，这件事的情色意味挺吸引我的。每个人都喜欢与性相关的东西，暧昧是不言而喻的。每个人……一是参与，所有人都想与艺术沾点边；二是想不朽，指望艺术能战胜时间，即使肉身消亡，名字也仍留世间。

轮到我了。我怀着既兴奋又忐忑的心情进到帐篷里，平躺到艾敏的床上，望着帐篷的穹顶，头脑里一片空白。这是一个小天地。突然帐篷顶部出现一个姿势放荡的闪光的裸女，是用荧光带简单勾勒出来的。线条极其简单，但任谁都能看出来这是两条叉开的腿和正对着下方的女人阴部。旁边随即出现三个闪光的字：I love you。裸女和字都是一闪即逝，也许 5 秒钟，也许 3 秒钟。我不能确定。我的眼泪瞬间涌出来，眼睛模糊起来。我不确定这一切是真实还是幻觉。我感觉"我的床"无所凭依地飘浮在太空中，四周是遥远的星空或浩瀚的宇宙。"我的床"在太空悠悠飘荡。我百感交集，泪流满面。此时正是 2022 年冬，女王驾崩不久。因为疫情，我在英国已经滞留三年两个月零七天。我回不去。我的情欲堆积着，只能靠自己独自解决。我感到悲伤，同时又感到安慰。在一分钟即将结束的时候，我在帐篷上签下自己的名字。

模仿，一个镜头

玛格丽特·杜拉斯在《广岛之恋》后，又写了一部小说《长别离》，由意大利导演亨利·柯比拍成电影，获得 1961 年戛纳电影节金棕榈大奖。

故事讲述的是，咖啡馆的女店主黛莱丝 16 年来一直苦苦等待丈夫的回归，却始终没有任何音讯。就在法国国庆节这天，咖啡馆门口出现一个哼着小调的流浪汉。她觉得这个人就是她的丈夫。黛莱丝使用各种方法，试图唤起失忆流浪汉的记忆，但全是徒劳。流浪汉没有记起一点往事，也没有明显的迹象表明他的身份。

时间来到 1997 年。这一年获金棕榈奖的是日本影片《鳗鱼》，导演是今村昌平。今村昌平是第二次获金棕榈奖，1983 年，他拍的《楢山节考》曾获此奖。今村昌平是我喜欢的导演，他的两部获奖影片给我留下了深刻的印象。

1997 年，对于中国人来说，是香港回归之年。在时间的河流中，这一年如同参照物一般醒目。对戛纳来说，这一年是戛纳电影节 50 周年，也是大年。电影节组委会搞了一个纪念酒会，特邀历届获奖者参加。马丁·斯科塞斯、弗朗西斯·科波拉、安杰伊·瓦伊达等世界名导演会聚一堂。今村昌平作为当年的金棕榈奖得主，必然也在其中。

今村昌平对科波拉印象很深。他说科波拉威风凛凛，侃侃而谈，与法国总统大谈黑手党电影，把席间气氛搞得十分活跃。他感慨，科波拉有一种压倒一切的气势。但今村昌平后来回忆这次聚会，他发现一位与科波拉行事风格截然相反的导演给他留下的印象更为深刻，如同镌刻在脑海里，难以磨灭。

和所有类似的酒会一样，有人大出风头，也有人沉默无语。角落里一位老导演，有一个非常醒目的鼻子，他与谁也不交流，看上去好孤独啊。他是谁？今村昌平向翻译打听。翻译又去向别人打听。一会儿翻译过来告诉他，那个老头是意大利导演亨利·柯比，他的获奖影片是《长别离》。

"哦，《长别离》!"今村昌平一惊，"我看过，我看过。"

亨利·柯比是剪辑出身，1961 年拍了这部荣获金棕榈奖的影片后，又回去干他的老本行——剪辑。

《长别离》中，女店主一直没弄明白流浪汉到底是自己的丈夫，还是不相干的人。最后，当流浪汉离开咖啡馆时，女店主下定决心，朝着他的背影喊了一声丈夫的名字。流浪汉闻声惊恐地停住脚步，随之举起了双手。

网上有这个镜头的剧照，黑白的。流浪汉戴着帽子，虽是正面，但看不到眼睛，眼睛被帽子的阴影遮住了。还有一部分面部也处在阴影中。他的手并没举得特别高，至少没有高过头顶。与脑袋形成一个"W"。尽管看不到表情，但给人的感觉是：背后被黑洞洞的枪口指着，那把枪随时可能被扣动扳机，一颗子弹会呼啸而出夺去他的性命……但无所谓了，这是命，他准备接受，所以没有震惊和恐慌，有的只是条件反射——举起双手。

亨利·柯比也注意到了今村昌平。他与今村昌平的目光交接到一起，会心一笑。隔着桌子，不便说话，只是用目光交流。

——我在聊你。

——我知道。

——我看过你的《长别离》，我很喜欢。

——我也看过你的《鳗鱼》，我也很喜欢。

——你的电影很打动我，我说的不是客套话，是真的！

今村昌平为了给他的话提供佐证，离开座位，站起来，转过身去，模仿电影中那个经典镜头——举起双手。

——瞧，我没说谎吧，这个镜头太棒啦！我愿拿我的整部电影来换这一个镜头。

亨利·柯比眼中立刻溢出了大滴的泪水……来自同行的褒奖给他极大的慰藉。三十多年过去了，还有人记得他电影中的镜头，这让他很感动。那部电影，值了。

他脸上挂着泪，含着笑，冲今村昌平抱拳致谢。

今村昌平双手合十，送上祝福。他的眼里也蓄满泪水……

后记

　　这些文章难以归类，散文乎，小说乎，随笔乎，笔记乎，不好说。投稿时我没标记文体，大多发在文学刊物的散文栏目中，也有发在小说栏目中，我觉得都挺好。

　　因为文章短小，投稿时便把几篇归到一起，显得文字多些，像大文章。其实各篇没有关联，唯一的共同点是短，皆千字左右，只有一篇没控制好，写到三千多字。

　　文章虽有虚构，但核心内容皆有根有据。比如《大师，您好！》中福楼拜说的话全部是福楼拜本人的原话，无一句无出处。其他与之相类。读者朋友若对文章中提到的人和事感兴趣，可借助互联网了解更多内容。我欢迎这种读法。我妻子就是这样的读者，她对每篇文章都进行考证和拓展阅读，感觉收获颇丰。

　　在此向发表文章的刊物和编辑致以诚挚的谢意！

罗列如下：

《地平线的眩晕》《大师，您好！》《沉默之声》《狄德罗、欧拉和叶卡捷琳娜二世》《跟着司汤达游佛罗伦萨》《命定时刻》《登山者说》——以《地平线的眩晕及其他》为题，发表于《雨花》2023．2。

《献给爱伦·坡的玫瑰》《未来建筑师来到帕特农神庙》《莎翁，请收下一英镑》《蜥蜴舌头》《我差点买了一个魔鬼》《伊斯坦布尔艳遇》《谢阁兰献身之地》《游戏国度》《一盒磁带》——以《九歌》为题，发表于《天涯》2023．2。

《双方均认可的报复》《用被遮胸》《在高原，在黑夜，在雨中》《在华盛顿邂逅塞尚》《站在弗吉尼亚·伍尔夫的花园里》《偶然》——以《短章》为题，发表于《山东文学》2023．2。——《双方均认可的报复》被《特别关注》2023．6转载。

《婚姻以外那些事》《避雨》《刽子手桑松的日记》《黑泽明自杀未遂》《鸡毛店》《坚如磐石》《少女之死》《王后之美》——以《婚姻以外那些事及其他》为题，发表于《广西文学》2023．3。——《小小说选刊》2023．6转载。

《陀螺之夜》《"福尔摩斯"来到天堂庄园》《走，看赫尔佐格吃鞋去！》《谷川说：我的狗死了》《我不是一个凡·高！》《爱因斯坦的玫瑰》《4分33秒，沉默的祈祷》——以《陀螺之夜及其他》为题发表于《青年作家》2023．5。

《历史性的偶遇》《咖啡馆里的姑娘》《骷髅》《骗子十戒》《奇怪的公式》《切的诅咒》《萨松手一挥》《王位》《邂逅梦露》——以《历史性的偶遇，以及其他》为题，发表于《作品》2023．10。